「坊っちゃん」の通信簿

——明治の学校・現代の学校

村木 晃
Muraki Akira

大修館書店

はじめに

漱石「ときどき、自分のふるいものを読みかえすと大変ためになるものだね。このあいだ、何の気なしに読みかえして見て、だい分、読んで見たが、いま読むと、自分のいいとこ、悪いとこがはっきりわかるね。」
江口「先生はどれが、一番いいとお思いになりました。」
漱石「坊っちゃんなんか、一ばん気持よく読めたね。」

江口渙《かん》の「漱石山房夜話」（『わが文学半生記』講談社文芸文庫）には、こんな一節があります。門下生として漱石山房（漱石が晩年の九年間を過ごした借家。東京都新宿区にあった）に出入りしていた江口の問いに、夏目漱石が答えたものです。

めったに自分の作品を読み返すことのなかったという漱石が、「一ばん気持よく読めた」と評価した作品は、なんと『坊っちゃん』だったのです。『吾輩は猫である』から『こころ』や『明暗』に至るまで、世に傑作といわれる漱石作品は山ほどあります。そのなかで、著者自身が「一ばん気持よく読めた」と語る『坊っちゃん』とは、どんな魅力があるというのでしょうか。

しかし、『坊っちゃん』を「気持よく読めた」と思うのは、もちろん漱石だけではありません。それは、岩波文庫や新潮文庫などの累計発行部数を見ても分かります。多くの人が、長きにわたって読み継いできた名作であることを示しています。国民的小説ともいわれる所以です。

ただ、『坊っちゃん』を正義感溢れる江戸っ子教師がくり広げる、勧善懲悪の痛快小説だと読むことは、一面的な読み方だと思うのです。たしかに、渾名《あだな》を駆使した登場人物の描写、江戸小話を思わせる会話のやり取り、活劇のような数々の事件、どれもこれも、漱石のユーモアのセンスと跳ねるような文体で笑わせてくれます。思わず快哉を叫びたくなる、楽しい小説です。

ところが、このユーモアと文体に紛れて見えにくくなっていることがあります。愛してくれない父母や対立ばかりの兄への思い。同僚である教師や愛すべき生徒との断絶。唯一の理解者「清《きよ》」との死別。そして、誰に対しても、本音と建て前を上手に使い分けられない坊っちゃんの性格。その「真っ直ぐな気性」が読者には決定的に痛快なのですが、だからこそ、人とのつながりが持てない孤独が、常に底を流れています。それはそのまま、漱石が抱えていた心の問題にもつながっているのだと思います。だから、実は、かなり難解で哀しい小説でもあるのです。

もしかしたら、この「楽しい」と「哀しい」の絶妙のバランスが、『坊っちゃん』を「一ばん気持よく読めた」物語にしているのかもしれません。

ただし、本書はこういった『坊っちゃん』論を語るものではありません。「楽しい」や「哀しい」の話題は随所に登場しますが、ここでは、『坊っちゃん』が「学校小説」である面に注目したいのです。

ほぼ全編を、間違いなく愛媛県の旧制松山中学校を舞台にしている『坊っちゃん』。したがって、この学校に乗り込んだ「真っ直ぐな気性」の坊ちゃん先生が躍動します。新米教師の危なっかしい授業場面もあれば、やんちゃな生徒との格闘（生徒指導？）場面も、個性的な先生同士の確執もあります。この時代には珍しい、職場の人間関係の葛藤を描いた小説だとも言えるでしょう。さらに、学校生活に関わる細かい事柄が、かなりな正確さで語られています。

つまり『坊っちゃん』には、明治時代後半期の教師生活や教職の在り方、あるいは学校制度や教育の歴史などに関わる事項が豊富に描かれているわけです。これはもちろん、漱石自身が教員だったからです。正確な記述も、現場感覚をもって教育を論じられるのも当然です。これを見逃す手はありません。

そこで本書では、『坊っちゃん』に登場する学校や先生たちに光を当て、それによって見えてくる事象を、現代の視点から評してみようと考えました。『坊っちゃん』の通信簿、というわけです。ですから、明治時代と現代とを行ったり来たりしながら、私流の語りを展開していくつもりです。

通信簿をつけるということは、明治時代の教育に当てた光の反射光で、現代の教育の実情や問題を映し出すことでもあります。もう少し話を広げれば、明治時代の社会を鑑にして、いまの世や私自身（皆さんご自身）を顧みることといってもよいのかもしれません。通信簿とは、それを書いた人（先生）も、受け取った人（生徒）も、その自らの振る舞いを顧みる契機にすることが目的であるはずですから。

私自身は、三十数年間高校教師として教育の現場に立ってきた経験があります。そして現在は、教職をめざす大学生の授業担当者として、多くの学生たちと交流しています。ということは、「現代の視点から」とは言っても、「先生からの視点」で語ることになるでしょう。

いっぽう読者の皆さんの多くは、「生徒からの視点」をお持ちだと思います。「企業からの視点」もあるかもしれません。でもそれらは、対立するものでも、どちらが正しいというものでもありません。それぞれの立場から、つまりは、学校の内外から語り合うことにつながるわけです。そのことはきっと、学校や社会の見方も『坊っちゃん』の読み方も、一層深めてくれるのだと信じます。

それでは、『坊っちゃん』が主人公の「おれ」（名前が分からないのですよね）の一人称で語られているように、元教師の「私」という一人称の語りに託して話を進めていきましょう。江戸っ子の坊っちゃんには遠く及びませんが、できる限り軽やかに、ユーモアをもって通信簿づくりに励みたいと思います。読者の皆さんも、ぜひ、その作業に参加していってください。

《凡例》

①『坊っちゃん』の引用は、『漱石全集』第二巻（一九八四年、岩波書店）を底本とする、岩波文庫『坊っちゃん』（一九八九年）によりました。

②『坊っちゃん』以外の漱石作品、書簡、日記等は、底本に『漱石全集』（岩波書店）の各巻を使用し、旧字体を新字体に、原文が文語文でない文章は、旧仮名遣いを新仮名遣いに改めました。

③年号の示し方は、基本的に現代は西暦で表記しますが、明治に関しては、元号で「明治〇年」のように記します。その方が、「明治時代のどのあたりの時期か」が特定しやすいと考えます。

④教員の呼称に関しては、法的な立場を強調する場合は「教員」を使いますが、文章の流れに合わせて「教師」や「先生」を使用します。混乱はないと思いますが、ご承知おきください。

⑤『坊っちゃん』に登場する「四国辺の中学校」を「愛媛県立松山中学校」とします。これは、漱石自身の「あの『坊っちゃん』にあるぞなもしの訛（なまり）を使う中学の生徒は、ここの連中だ」（傍点筆者）との談話があるからです（『僕の昔』）。したがって、原文以外では「四国辺の中学校」を「松山中学校」と表記することにします。

目次

序章 清とピグマリオン

親譲りの無鉄砲で小供の時から損ばかりしている。小学校にいる時分学校の二階から飛び降りて一週間ほど腰を抜かした事がある。なぜそんな無闇をしたと聞く人があるかも知れぬ。別段深い理由でもない。新築の二階から首を出していたら、同級生の一人が冗談に、いくら威張っても、そこから飛び降りる事は出来まい。弱虫やーい。と囃《はや》したからである。小使に負ぶさって帰って来た時、おやじが大きな眼をして二階位から飛び降りて腰を抜かす奴があるかといったから、この次は抜かさずに飛んで見せますと答えた。（『坊っちゃん』一）

小気味のいいテンポの文章だ。「いづれの御時にか」や、「春はあけぼの」で始まる作品が平安時代の大傑作なら、この「親譲りの無鉄砲で」の書き出しは、近代日本の小説の大傑作だと思うのだ。

『坊っちゃん』は、中学時代に初めて手に取った。それから一〇年以上経って、高校の教師になったときに読み直したことはあった。若きあのころは、坊っちゃん先生の言動に、無条件で喝采を送っていただろうか。

その仕事から離れて、ゆったりと、しかも客観的な立場から再読する。すると、なぜか景色が違って見える。ひとつには、「坊っちゃんって寂しい」と読めるのだ。そして、もうひとつには、学校に「こんな先生いるもんか」との思いと、「漱石先生が描く学校現場、なかなか正確だ」といった、素朴な感想が口をつくのだ。

おやじは些《ちっ》ともおれを可愛《かあい》がってくれなかった。母は兄ばかり贔屓《ひいき》にしていた。この兄はやに色が白くって、芝居の真似をして女形になるのが好きだった。おれを見る度にこいつはどうせ碌《ろく》なものにはならないと、おやじがいった。乱暴で乱暴で行く先が案じられると母がいった。（同）

両親への坊っちゃんの思いは複雑だ。可愛がってほしい、かまってほしいとは思いながらも、つい乱暴な振る舞いになってしまう。そうすると、両者の関係は負のスパイラルに陥る。私の経験からもこんな子どもや生徒が、ときにはいたものだ。

　母が病気で死ぬ二《に》、三日《さんち》前台所で宙返りをしてへっついの角で肋骨《あばらぼね》を撲《う》って大《おおい》に痛かった。母が大層怒って、御前のようなものの顔は見たくないというから、親類へ泊りに行っていた。するととうとう死んだという報知《しらせ》が来た。そう早く死ぬとは思わなかった。そんな大病なら、もう少し大人しくすればよかったと思って帰って来た。そうしたら例の兄がおれを親不孝だ、おれのために、おっかさんが早く死んだんだといった。口惜《くや》しかったから、兄の横っ面を張って大変叱られた。

　母が死んでからは、おやじと兄と三人で暮していた。おやじは何にもせぬ男で、人の顔さえ見れば貴様は駄目だ駄目だと口癖のようにいっていた。何が駄目なんだか今に分らない。妙なおやじがあったもんだ。

（同）

『坊っちゃん』は孤独を描いた小説だ、と言った人がいる。きっと、父母には愛されず、兄とは喧嘩ばかりの家庭環境が見えてくるからだろう。子どもを前にして、「御前のようなものの顔は見たくない」も「どうせ碌なものにはならない」も、ましてや「貴様は駄目だ駄目だ」の「ダメ出し」言葉のオンパレード。たしかに、坊っちゃんの独りぼっち観は強かったかもしれない。

その一　清と坊っちゃんの不思議な関係

清という存在

ある時のこと、坊っちゃんは不仲な兄と将棋をさしていた。坊っちゃんいわく「卑怯《ひきょう》な待駒《まちごま》をして、人が困ると嬉しそうに冷やかした」と。それで、兄の眉間に駒をたたきつけての大喧嘩。とうとう父親が「勘当」を宣言した。そのとき、救世主が登場する。

その時はもう仕方がないと観念して先方のいう通り勘当されるつもりでいたら、十年来召し使っている清という下女が、泣きながらおやじに詫《あや》まって、漸《ようや》くおやじの怒りが解けた。

(同)

坊っちゃんを唯一可愛がり、それこそ死ぬまで愛し続けた下女(問題ある用語だが、そのまま)の清だ。

この下女はもと由緒のあるものだったそうだが、瓦解のときに零落《れいらく》して、つい奉公までするようになったのだと聞いている。だから婆さんである。この婆さんがどういう因縁か、おれを非常に可愛がってくれた。不思議なものである。母も死ぬ三日前に愛想をつかした——おやじも年中持て余している——町内では乱暴者の悪太郎《あくたろう》と爪弾《つまはじ》きをする——このおれをむやみに珍重してくれた。

（同）

多くの『坊っちゃん』論が指摘する、坊っちゃんと清との、熱烈で不可思議な関係が語られ始めた部分だ。この清は、明治維新で崩壊した江戸幕府側の武士の家に生まれたようだ。いい家のお嬢さん、いや「婆さん」なのだ。それが今、坊っちゃん家に「奉公」して、そこの暴れん坊を誰よりも可愛がっているというわけだ。坊っちゃんに、「亡き江戸武士の気風」でも感じているのだろうか。

何といってもほめる清

清は、坊っちゃんを骨の髄まで可愛がってくれる。親のいないときに、食べ物やノートや鉛筆を買ってくれる。ときには、お小遣いもくれる。それを便所（もちろんボットン便所）に落としてしまったときは、自ら拾い上げて、クサーい財布を洗って、お札を交換してくれたりもする。

誰にでもできることじゃない。いや、今ではやりたくても、こんなトイレがない。

清の可愛がり方は、行動だけではない。とにかく、ほめるのだ。

清は時々台所で人のいない時に「あなたは真《ま》っ直《すぐ》でよい御気性だ」と賞《ほ》める事が時々あった。しかしおれには清のいう意味が分からなかった。好《い》い気性なら清以外のものも、もう少し善くしてくれるだろうと思った。清がこんな事をいう度におれは御世辞《おせじ》は嫌《きらい》だと答えるのが常であった。すると婆さんはそれだから好い御気性ですといっては、嬉しそうにおれの顔を眺めている。自分の力でおれを製造して誇ってるように見える。（同）

この部分、好きになるとその人の「全部が好き！」みたいな、言われた本人が照れくさくなるような言い回しだ。清による賞賛の嵐だ。でも、このあとの部分で、「あなたは慾《よく》がすくなくって、心が奇麗だといってまた賞めた。清は何といっても賞めてくれる」と坊っちゃんは語る。どうやら、満更でもなさそうだ。

坊っちゃんは、両親に可愛がられなかった。ただ、清だけは無条件に坊っちゃんを愛する。それゆえに、坊っちゃんのなかでの清は、溺愛する親の代理人としての存在のようだ。

漱石もまた、早くから里子に出され、親の愛を知らない子だった。ただ、漱石が一三歳のときに亡くなった母親への思慕の念は、里子に出されていたからこそ強かったらしい。だから、『坊っちゃん』のなかに母親の代理人である清を設定して、思い切りほめてもらっている。そして、清のその期待にだけは応えようとする坊っちゃんを描く。それは漱石が望んでもできなかった、母親と漱石自身との関係の構図のようにも思えるのだ。

期待に応えようとする坊っちゃん

よくほめる清は、坊っちゃんの将来に心から期待する清でもある。①②と抜き出してみよう。

①清はおれを以《もっ》て将来立身出世して立派なものになると思い込んでいた。

②それから清はおれがうちでも持って独立したら、一所になる気でいた。どうか置いて下さいと何遍も繰り返して頼んだ。

清の期待は、社会的な出世を果たして立派な玄関付の家を持ち、人力車で送迎される坊っちゃんになること。そして、その家で坊っちゃんと共に暮らせることだった。

すると坊っちゃんは、ひいき目は恐ろしいものだとは言うものの、こんな風に応えようとする。

③清がなるなるというものだから、やっぱり何かになれるんだろうと思っていた。
④おれも何だかうちが持てるような気がして、うん置いてやると返事だけはして置いた。

「立派なものになる」（①）との清の期待が、坊っちゃんをして「何かになれるんだろう」（③）と思わせるのだ。そして、「一所になる」（②）との清の願いが、坊っちゃんに「うちが持てるような気」（④）にさせるのである。清の期待や願いが坊っちゃんに伝わって、その期待に応える気持ちを起こさせているわけだ。これって、どこかで聞いたことがある図式だ。

その二　清は「ピグマリオン」？

ピグマリオン効果

かのギリシャ神話に、キプロスの王様「ピグマリオン」が登場する。その話の中身は、こんな話である。

地中海の東にあるキプロス島に、自ら彫刻した美しい像をこよなく愛する男がいた。その名は「ピグマリオン」。彼は毎日毎日その彫像を眺め、「美しい、美しい」とほめながら頬ずりし、「この像が何とか命ある存在にならないものか」と強く強く願い期待していた。

それを見た愛と美の女神アプロディテ（ビーナス）は、「そこまで想いが強いのなら」とその彫像に命を吹き込んでやった。ピグマリオンの願いや期待が女神に届き、彫像は美しい一人の女性となって彼の前に現れたのである。強い願いと期待が現実のものとなったのだ。


ピグマリオンの想いは、今でいう秋葉系フィギュアフェチに似ている。多くのフェチさんも、「このフィギュアが人間になって、自分の部屋を訪れてくれたら」と願っていることだろう。ただ、いまだにフィギュアが人間に変身した、との話は聞いたことがない。しかし、本気の願いというものは、ときに相手に通じることがある。その願いが叶って、ときに実現することもあることは、きっと誰もが経験している。

ところで、この神話をヒントに、こんな仮説を立てて研究をした人がいた。

「ピグマリオンのように、願いと期待を込めて接すれば、それは実現するという現象が、学校の先生と児童との間にも起こる」

先生が、「お勉強のできる子になってほしい」と期待していると、ときにはその願いが叶って、本当に「お勉強ができるようになる」ことを実験したというのだ。そうしたら、なんと、こんなことが分かってしまった。

先生は「この子は知能が高いから学力も伸びる」と信じると、その期待にそった、ある行動になる。しかも、無意識のうちに。そして実際、期待されたその子の学力は、本当に高まった。ここでの先生による「ある行動」とは、「正答をほめる」とか「間違った回答を叱らない」とかだ。そして、「ほめる量が増える」ということなのだ。

そう、先生は児童や生徒に期待すると、無意識のうちに「ほめる」行動に出るのだ。ほめれば、子どもたちも嬉しい。モチベーションが上がる。結果、お勉強もできるようになる。そうすれば、またほめられる。ますます学力は高まる。そんな好循環が起こって、期待や願いが実現するわけだ。まさに、「この像が何とか命ある存在にならないものか」と願った、ピグマリオンの場合のように。それでこの現象を「ピグマリオン効果」とか、「教師期待効果」などと呼んでいる。

言われてみれば、ありそうな話だ。自分も、教員時代はきっとこんな行動をとっていたのだ。でも、よく考えると、特定の子だけを「ほめる」のなら、そりゃ差別だ。いや、無意識だから仕方ないか。やはり教育って、先生って難しい。

坊っちゃんとピグマリオン効果

このことと、坊っちゃんと清との関係が重なって見えてきた。それは、清による「ピグマリオン効果」が、坊っちゃんに発動されたのではないか、というものである。

そうなのだ。「願いと期待を込めて接すれば、それは実現するという現象」が、清と坊っちゃんの関係のなかでも起こっているのだ。

坊っちゃんは、「**無鉄砲**」で「**乱暴者の悪太郎**」で、父親からも母親からも「**碌なものにはならない**」とか、「**乱暴で乱暴で**」とか言われながら育った。こういう言葉を浴び続けた人は、その言葉通り「**碌なものにはならない**」こともあるし、「**乱暴者**」になることだってある。これを「ゴーレム効果」という。「ピグマリオン効果」の反対効果だ。

ところが清だけは、「**何といっても賞めてくれる**」のだ。先生が、期待する生徒にとる行動と同じ意味がある。だから坊っちゃんも、清のためにその期待に応えるべく動く。無意識の清の言動が、坊っちゃんの行動の原動力となっているのだ。

そして、実際に坊っちゃんは、頑張って高学歴を得る。先生にも街鉄《がいてつ》の技手《ぎて》にもなっていく。それが立身出世だったかどうかの判断は、難しい。ただ、それなりに社会的な地位のある「何か」にはなれた。また、家賃六円の貸家ではあったが、短い時間とはいえ、清といっしょに暮らすこともできた。幼いころからの坊っちゃんに対する清の期待が、予言が成就するかのように現実のものとなっていったわけだ。願いが叶ったのである。

多くの『坊っちゃん』論には、坊っちゃんにとっての清を語るとき、「無償の愛」を注ぐ存在とか、「育ての母親役」などと表現されている。というよりも、まさに清は「ピグマリオン」なのだ。

「内発的動機づけ」と「外発的動機づけ」

「百点とったら、ゲーム買ってあげる!」。我が子に勉強をさせようとする親が、よく使う手だ。こういう、頑張りに対する褒美のおもちゃやお金などを「物的報酬」と呼んでいる。そして、「ほめる」というような、形のない行為を「心的報酬」と呼ぶ。どちらも、勉強や仕事などのモチベーションを上げることができる、と説明される。「外発的動機づけ」と言われるものだ。

ただ、「外」から与えられた報酬によって動機づけられるわけだから、もし、この報酬がなくなったら、モチベーションは一気に下がる。おもちゃやお金、あるいは「ほめる」も報酬だから、モチベーションを維持させるには、与え続ける必要があることになってしまう。

だから、「ほめるはやめろ」と提唱する人もいる。一時的な効果なら、その人のためにはならない。「ほめてくれなきゃ、やらないよ」では、自立心さえ奪うという理屈だ。

私の経験から思うことがある。生徒は正直だ。見抜く。ときに残酷だ。だから、こちらがその時その一瞬を見逃さずに、本当に「よかった、素晴らしかった、頑張った」と思えた感動を言葉にすれば、その心は生徒に伝わる。しかし、心にもない言葉を発すれば、信頼を失う。場合によっては、蔑みの対象にもされかねない。

このことは、親子、上司と部下、同僚や友人の間でも同じだろう。真実に触れない軽い言葉には、それがたとえ「ほめ言葉」であっても、なんの力にもならないのだ。

しかし、心の底から発せられた言葉には、誰しもが心を動かされる。それが「外発的動機づけ」に該当していたとしても、相手の心に届いて響く。その結果として、新たな意欲や自信にもつながることがある。こうなれば、人は「自分がやりたいからやる。自分が楽しいと思うから学ぶ」に変わっていく。これが「内発的動機づけ」だ。

だから、「ほめるはやめろ」ではなく、「本気」ではない「ほめるはやめろ」なのだ。同じように、「本気」ではない「叱るはやめろ」だ。きっと、ここに学校教育だけに限らない、人と人との関係におけるキーが隠されていると思うのだ。

坊っちゃんは、分かっている。清が坊ちゃんに注ぐ愛は、無償にして無条件のものであり、かける言葉は、常に心の底からの「本気」のものであることを。だから、坊ちゃんは清の期待にだけは応えようと行動するのだ。先生になった坊っちゃんも、生徒に対して、もう少し「清的存在」であればよかったのに……。

坊っちゃんに清がいなかったら、「乱暴者の悪太郎」としてのみ名を馳せていたかもしれない。清の「本気」で「ほめる」が、「真っ直ぐ」な坊っちゃんを「製造」し、『坊っちゃん』を名作にした。

『マイ・フェア・レディ』の原作

オードリー・ヘップバーン主演の『マイ・フェア・レディ』は、こんな話だった。

イギリスの貧民街で暮らすイライザ（ヘップバーン）は、いつものように街路で花売りをしていた。そこへ通りかかったのが、音声学者ヒギンズ教授。自分の学問的な関心から、イライザに「訛りを直せば貴婦人になれる」と声を掛けた。イライザはこの提案を受け入れ、教授の厳しい指導と猛特訓の日々が始まる。

四か月後、教授の期待に応えたイライザは、上流階級の貴婦人として社交界に華々しくデビューする。美しい姿と訛りのない美しい英語。それは、某国の王女かと噂が飛び交うほどの、完全なる「フェア・レディ」の誕生であり、教授の強い願いが実現した瞬間だった。

実はこの映画には、原作がある。劇作家バーナード・ショーが書いた、『ピグマリオン』だ。「美しきレディに」と願い期待する教授によって、訛りの強い下町英語を話す貧しい娘が「フェア・レディ」に変身していく物語。この物語の中の二人の関係こそ、ピグマリオンと彫像との関係なのだ。だから、原作の題名は『ピグマリオン』。

そう言えば、この映画の前半で、ヘップバーンは下町英語を見事に使う。これが、イギリス留学中の漱石を悩ませた、訛りの強い「コックニー」なのだ。映画後半のヘップバーンは、坊っちゃんがマドンナを形容したように、「水晶の珠を香水で暖《あっ》ためて、掌《てのひら》へ握って見たような心持ち」（『坊っちゃん』七）にさせる美しさだ。「コックニー」を話す下町娘の顔から、この美しさへの変貌こそが、この映画の見所でもある。

第一章

坊っちゃんは高学歴者

清の存在に救われながらも、家族関係では、あまり恵まれないまま成長していく坊っちゃん。当時の小学校を終え、中学校へと進学していく。その間に、まず母親を亡くした。漱石一三歳の時の体験に重ねているのかもしれない。それから六年して、今度は父親をも失う。

母が死んでから六年目の正月におやじも卒中で亡くなった。その年の四月におれはある私立の中学校を卒業する。六月に兄は商業学校を卒業した。兄は何とか会社の九州の支店に口があって行かなければならん。おれは東京でまだ学問をしなければならない。兄は家を売って財産を片付けて任地へ出立するといい出した。おれはどうでもするが宜《よ》かろうと返事をした。どうせ兄の厄介になる気はない。

(『坊っちゃん』一)

両親が亡くなり、自分の将来を考えねばならない坊っちゃんだ。たった一人の兄との関係も最悪。とりあえずは中学校（旧制中学）は卒業したから、東京に残って、さらに「学問」をつづけるようだ。そして、家が売却されるので、神田の小川町《おがわまち》で下宿を始めた。

この小川町、現在はスキー用品店や大手スポーツ店が立ち並ぶ。古書店街で有名な神保町《じんぼうちょう》も、ほど近い。ＪＲの御茶ノ水駅の方へ向かえば、明治大学や日本大学なども ある界隈《かいわい》だ。

そう言えば、坊っちゃんは私立の中学校の出身なのか。

九州へ立つ二日前兄が下宿へ来て金を六百円出してこれを資本にして商買《しょうばい》をするなり、学資にして勉強をするなり、どうでも随意に使うがいい、その代りあとは構わないといった。兄にしては感心なやり方だ。何の六百円位貰わんでも困りはせんと思ったが、例に似ぬ淡泊な処置が気に入ったから、礼をいって貰って置いた。（同）

九州へ赴く兄が、家の売却代金の一部「六百円」を届けに来た。相続財産の分与であり、縁切り金というわけだ。家族が崩壊していく哀しい話。坊っちゃんは、いつも孤独だ。

ここで、「六百円」を現代の価値で調べてみた。森永卓郎監修『物価の文化史事典』（展望社）やら、日本銀行の示す「企業物価指数」やらで計算してみたが、やはり単純比較は難しい。ただ、おおむね一万倍という感じでどうだろう。「六〇〇万円」か？

おれは六百円の使用法について寐《ね》ながら考えた。商買をしたって面倒くさくって旨《うま》く出来るものじゃなし、ことに六百円の金で商買らしい商買がやれる訳でもなかろう。よしやれるとしても、今のようじゃ人の前へ出て教育を受けたと威張れないからつまり損になるばかりだ。資本などはどうでもいいから、これを学資にして勉強してやろう。六百円を三に割って一年に二百円ずつ使えば三年間は勉強が出来る。三年間一生懸命にやれば何か出来る。（同）

なぜか、ここでの坊っちゃんはひどく計画的だ。「六百円を三に割って」進学計画を立てた。さっきの計算でいけば、毎年「二〇〇万円」ずつの教育投資を自分にしようというわけだ。坊っちゃんは、学歴という資本の獲得に動き出した。

それからどこの学校へ這入《はい》ろうと考えたが、学問は生来《しょうらい》どれもこれも好きでない。ことに語学とか文学とかいうものは真平《まっぴら》御免だ。新体詩などと来ては二十行あるうちで一行も分らない。どうせ嫌《きらい》なものなら何をやっても同じ事だと思ったが、幸い物理学校の前を通り掛かったら生徒募集の広告が出ていたから、何も縁だと思って規則書をもらってすぐ入学の手続をしてしまった。今考えるとこれも親譲りの無鉄砲から起った失策だ。

三年間まあ人並に勉強はしたが別段たちのいい方でもないから、席順はいつでも下から勘定する方が便利であった。しかし不思議なもので、三年立ったらとうとう卒業してしまった。自分でも可笑《おか》しいと思ったが苦情をいう訳もないから大人しく卒業して置いた。（同）

そして選んだのが、「前を通り掛かった」だけの「物理学校」。「無鉄砲」さは忘れていない。ただ謙遜はしているが、規定の三年間で「物理学校」を卒業している。実は、これはスゴイことなのだ。坊ちゃんは、優秀だし自立している。なにより真面目なのだ。そして親を失いながらも、中等教育も高等教育（当時としては微妙だが）も私立学校で受けた、高学歴者なのだ！

ところで、この「ある私立の中学校」と「物理学校」とは、いったいどこの学校のことだろう？

その一　坊っちゃんが学んだ明治時代の学校

坊っちゃんの時代の「複線型（分岐型）」制度

現在の六・三・三・四制の学校制度は、一九四七年（昭和二二）の学校教育法で定められてから今日まで続いている。近年、随分と変化してきたが、まあ「単線型」と言っていい制度だ。

ところが、漱石の時代の学校制度は、えらく複雑だった。しかも、コロコロと制度変更がなされる。当時の在校生は、きっと翻弄されていたはずだし、きちんと制度自体を理解していたのだろうか。そう簡単には説明できないので、時期を坊ちゃんのころに限定して、単純に話をしてみよう。

次ページの図は、明治三三年（一九〇〇）の学校制度だ。説明の都合上、かなり簡略化してある。漱石は、もっと古い学校制度下で学んでいたから、この制度は当てはまらない。ただ、おおむね、坊っちゃんと漱石の時代の学校や学歴が説明できそうだ。

まず、小学校は尋常小学校と高等小学校。まだこのころは、義務教育が「尋常」だけの四年間になっていた。だから、ほとんどの人はこの段階か、高等小学校（多くが四年制）が最終学歴だ。

この高等小学校から先が、「複線型」とも「分岐型」とも呼ばれる所以となる。

当時の中学校（旧制中学）は、ほぼ現代の中学校から高等学校に該当する。いわゆる中等教育機関だ。そしてその上に、高等学校（旧制高校）があり、これが現在の大学一、二年だと考えていい。同じように、中学校からは専門学校（たとえば早稲田や慶応など）や高等師範学校（中等教育の教員養成校）にも進めた。現在の大学レベルだと言える。帝国大学は、この上に君臨する「最高学府」というわけだ。これらが高等教育機関である。

《明治33年学校系統図》
文部科学省『学制百年史』より
（一部簡略化）

この制度のもとで、当時のスーパーエリートは、「中学校→高等学校→帝国大学」のようなコースを歩む。それに次ぐ、ボチボチエリートは、「中学校→専門学校、高等師範学校」などの道がある。ただし、このコースを進めるのは、圧倒的に男子だ。女子の高等教育への進学先は一部の学校に開かれていただけで、制度的にも十分な保障はなかったのだ。「女に学問なんか必要ない」との旧弊が改まらなかった、と言えるだろう。

私の教師経験から言えば、いまは女子の方がよっぽど勉強をする。明治時代のこんな差別的学校制度を現代に持ってきたら、人権問題・ジェンダー問題だけでなく、能力ある女性を埋もれさせてしまう。結果、活力なき日本ができること必定だと思う。

漱石の学歴・坊っちゃんの学歴

では、漱石と坊っちゃんは、どのコースを歩んだのだろうか。

漱石の学歴は、多くの書籍で紹介されているので話すまでもない。もちろん、先の「中学校→高等学校→帝国大学」コースを歩んだスーパーエリートだ。当時の日本人のなかでは、「超」が三つ付くほどの「超超超エリート」だ。

何しろ「帝国大学」は、漱石の入学当時一校しかない。というよりも、「大学」と名乗れる学校は、この「帝国大学」しかなかったのだ。だから、「東京帝国大学」なんて「東京」という地

坊っちゃんの推定学歴表

明治15年	生まれ
	↓
明治22年	○○尋常小学校入学
	↓
明治26年	○○高等小学校入学
	↓
明治30年	ある私立の中学校入学
	↓
明治35年	物理学校入学
	↓
明治38年	物理学校卒業
	↓
	「四国辺りの中学校」教師

名を付ける必要もないわけだ。

いっぽう、坊っちゃんの学歴は、教職に就いた明治三八年九月（おそらく）のときの年齢を、自身の口で「**二十三年四ヵ月ですから**」（『坊っちゃん』五）と語っていることから推測できる。

生年月は、明治一五年五月だ。『坊っちゃん』のなかでは、「ある私立の中学校」に入学するまでが描かれていないので、小学校までの詳細は不明。ただし、計算すると、ほぼ規定の年数どおりなので、右表のようになりそうだ。どうだろう、漱石には及ばずも、「超」を一つくらいは付けてもいい高学歴である。

どれくらい高学歴かを知るために、当時の、学歴別の割合を見てみよう。

坊っちゃんの出た「物理学校」は、当時はまだ各種学校扱いだった。それでも、レベル的には高等学校・専門学校の水準であったことは間違いない。そうすると、明治三八年当時これに匹敵する学歴・学力を持つ人は、男子の二〇歳人口の「〇・二％」にすぎない。なんと、「千人のうち二人」しかいないのだ（天野郁夫『学歴の社会史』平凡社ライブラリー）。

中学校卒の学歴・同等学力を持つ人でさえも、「三・一％」しかいない。近年の高校卒の学歴者は、一八歳人口の九〇％をやや下回るくらいだ。「百人に三人」がその学歴者である時代と、「百人に約九〇人」の時代とでは、その意味が違う。

現代の感覚で『坊っちゃん』を読んでしまうと、坊っちゃんを「単純明快・直情径行でアホな若者」と思い違いをする。ところが、実は坊っちゃんは、「千人のうち二人」に選ばれた「高学歴の超エリート」なのだ。

もちろん、高学歴と人格の善し悪しは別問題に決まってる。

その二　坊っちゃんの出身校「ある私立の中学校」

東京の中学校

坊っちゃんの学歴で最初に登場する学校、それは、「**その年の四月におれはある私立の中学校を卒業する**」（『坊っちゃん』一）の部分に出てくる。

先ほどの推定学歴表からすると、「**ある私立の中学校を卒業**」した「**その年**」は、明治三五年だとなる。ならば、入学した年度は明治三〇年（一八九七）。五年間の中学校を、ストレートに進級したとしてだが。

では、この「**ある私立の中学校**」とは、いったいどこなのか。

まず所在地。これは間違いなく東京だ。それなら、明治三〇年ごろの東京にあった「私立の中学校」を探せばいい。ところが、これがそう簡単ではない。

当時、東京は「東京府」だった。だから、今でいうところの「都立高校」は、「東京府立中学校」である。坊っちゃんが「私立の中学校」に入学した明治三〇年では、これが三校あった。それでは、当時の私立中学校の状況はどうだろう。

東京の場合、私立中学校は、旧制高校や専門学校に入るための予備校的な役割を担っていたようだ。特に、帝国大学にエスカレーター式に入学できた旧制高校は人気があり、偏差値（もちろん当時はない）は高かった。なかでも、難関だったのは第一高等学校（いわゆる一高）。そのため、どの中学校から多くの合格者を出しているかは、現代同様、大きな関心事だったとみえる。

それではここで、某週刊誌風に「明治二一年　第一高等学校合格者数　中学校別ランキング」の発表だ。

第一位　東京英語学校　　第二位　共立学校　　第三位　成立学舎

ここにあげた三校は、すべて「私立」である。まだまだこの時期、のちに台頭する「公立」の東京府立一中などは上がってこない。ちなみに、共立学校とは現在の開成高校である。この開成高校、いまでは毎年東大合格者数が第一位で、もう三十年以上連続しているそうだ。東大進学に関してだけ言えば、私立優位の勢力図は今に始まったことではない。漱石の時代から変わらないのだ。

私立優位というなら、「**ある私立の中学校**」を卒業したという坊っちゃんは、やはり優秀だったのでは、と考えてしまう。

「ある私立の中学校」を推理する

このように、坊っちゃんの時代の私立中学校は、専門学校の早稲田（当時は東京専門学校）や慶應義塾等を含めた、高等教育機関への「受験予備校」が売りだった。地方の生徒も、それを目的に上京してきたらしい。それだけに競争も激しく、淘汰されていく学校も数多くあった。実態もとらえにくい。

文部省年報には、明治三〇年の段階では、東京の私立中学校は一五校あったとある。そのなかで、坊っちゃんの出た「**ある私立の中学校**」と関わりそうな学校をあげる。

順天求合社（のち順天中学）	東京数学院（のち東京中学）

なぜ、この学校なのか。それは、当時「高度な数学を学ぶならここだ」との評判がたっていた学校だからである。

順天求合社の創立者は、福田理軒《りけん》で和算の大家。東京数学院は上野清で、数学教育の先駆者。両人とも、数学関係の教科書にも携わっていた。だから、「高度な数学を学ぶならここだ」は、当然の社会的な評価なのだ。

坊っちゃんは、中学校卒業後に「物理学校」に入学。理学を勉強したはずである。そして、数学の教師として「四国辺りの中学校」に赴任していく。坊っちゃんは数学が得意だったのだ。だとしたら、数学教育で評判の「**ある私立の中学校**」を進路選択しても不思議ではない。

また、順天求合社も東京数学院も、現在の千代田区猿楽町《さるがくちょう》（当時の神田区）にあった。中学を卒業したあと、坊っちゃんが下宿したのは神田小川町だった。徒歩五分程度の圏内だ。中学時代から馴染んでいた場所だったのではないか。ということで、どちらも「**ある私立の中学校**」の有力候補だ。坊っちゃんが、このどちらかに入学した可能性が高い。どちらが、坊っちゃんの出身校なのだろうか。

ひとつだけ、決定打があった。

それは、漱石の出身校との関係だ。漱石は、小学校を何度か転校しているが、卒業したのは「錦華小学校（現在は統合して「お茶の水小学校」）である。この小学校は、神田猿楽町にあった。

ここで、明治三〇年代の古地図を確認する。

その地図をみると、「錦華小学校」の隣りに「東京中学校」がある。そう、「東京数学院」が改名した中学校なのだ。しかも、このあと「順天求合社」が数学科を廃止したのに、「東京数学院」は、ずっと存続させている。この頑固さこそは、坊っちゃんに通じるものがある。なんとなく、答えが見つかったような気がする。

小説はフィクションだ。坊っちゃんの入学した学校が、実在した学校だったかどうかは問題にならない。ここで推理したって、「だから何だ」という世界だ。でも、正確な記述を心掛けた漱石先生。所在地、坊っちゃんの性格や得意分野、その後のキャリアなどをきっと計算している。しかも、自分の出身小学校に隣接しているという、親近感のようなものもあったかもしれない。だから、「東京数学院」を思い浮かべながら、「**ある私立の中学校**」と記したに違いないのだ。

ここで余談。この「東京数学院」は、現在の「私立東京高等学校」の前身である。亡くなられた立川談志師匠の出身校でもある。落語が大好物だった漱石先生。あえて百年後に、天才談志師匠を生み出すことになる学校を選んだ、なんてことはないよね。

その三　坊っちゃんが通った「物理学校」

前を通り掛かっただけで入学した？

明治三五年の四月に、「ある私立の中学校」を卒業した坊っちゃんは、さらに学問をすべく上級学校への進学をめざした。ここで漱石流自虐ギャグだ。

「学問は生来どれもこれも好きでない。ことに語学とか文学とかいうものは真平御免だ。新体詩などと来ては二十行あるうちで一行も分らない」などと坊っちゃんに言わせる。

よくぞおっしゃる。この時代、漱石以上に英語学も文学論も語れる人が、どれだけいるというのだ。新体詩への造詣の深さだって並みじゃないことくらい、みんな知っているぞ。

ただ、このとき漱石は、本当に文学への熱情が冷めかけていたらしい。イギリス留学での挫折や、東京帝国大学（このころには京都帝国大学が開校していたので「東京」が付く）での講義が不評だったことなどが重なっていたという。それが、坊っちゃんを「物理学校」という理系に進学させた理由だろうか。

では、何となく前を通り掛かったので「入学の手続をしてしまった」という「物理学校」とは、いったいどこの学校なのだろうか。

これはもう、はっきりしている。坊っちゃんが三年間通った「物理学校」とは、間違いなく現在の「東京理科大学」なのだ。現在は、本部が新宿区神楽坂にある。坊っちゃんの当時は「東京物理学校」と名乗り、神田小川町にあった。坊っちゃんは、神田小川町に下宿していたのだった。だから、「前を通り掛かった」というわけだ。必然性のある、正確な小説なんだ『坊っちゃん』は……。

「物理学校」の本質

「東京理科大学」の前身「東京物理学校」は、帝国大学理学部仏語物理学科のOBたちが創設した。当時の理学は、帝国大学でしか、なおかつフランス語でしか講義されていなかった。そこで、このOBたちは、日本語で理学を広く教えたいとの思いのなか、仕事の終わった夜間に物理学や数理学を学生に教えたのである。学校経営の資本もないので、教師は無給だったという。それどころか、他の仕事で得ていた月給の一部を出し合って、それを学校の維持費にしていた。何という志の高さか！

だからこそ、学生に厳しかった。どれくらい厳しかったか、坊っちゃんの通ったころの卒業率をみてみよう。これが、スゴイ。

明治三五年　二・九％　明治三六年　二・七％　明治三七年　三・六％

明治三八年　五・四％（馬場錬成『物理学校　近代史のなかの理科学生』中公新書ラクレより）

坊っちゃんの同級生たちは、ことごとく進級や卒業ができなかったと思われるのだ。もちろん、成績だけが理由ではないだろう。しかし、ユルユルで卒業させてくれる現代の大学と比べれば、その厳しさが理解できる数字だ。そういう自分も、その恩恵に浴してきた。

現在の「東京理科大学」も、「実力主義」を高らかに謳《うた》って、厳格な進級制度を伝統にしているという。「合格点を越えないような、実力のついていない学生は修了させない。それが大学の責任だ」と宣言しているわけだ。

坊っちゃんは、「不思議なもので、三年立ったらとうとう卒業してしまった」とご謙遜だ。でも実は、見事にストレートで卒業した一人なのだ。たしかに、前を通り掛かっただけで入学できた学校だった。でも本当は、三年間の実力主義に鍛えられ、夜間の講義に通い続けて難関をパスしてきた、真の数学の実力者なのだ。

やはり、「坊っちゃん＝アホな若者」観は捨てたほうがいい。

各種学校の扱いだった「東京物理学校」。にもかかわらず、「物理学校を出てきた者は本物だ」という評価を受けていたのは、この厳しい実力主義が広く知られていたからなのだろう。社会的な信用が高かったのだ。坊っちゃんが、卒業後八日目にして数学教師を仰せつかったのも、そんな学校への評価と無関係のはずがない。

いまの「リカダイ（理科大）」は理系受験生の憧れだ。つまり、坊っちゃんの時代と違って、前を通りかかっただけで入学できるレベルの大学なんかじゃない。超難関理系私立大学だ。

「文転」したのか夏目漱石

高校生、特に大学受験生と接していたとき、「文転」という言葉をよく耳にした。理系志望から文系志望へと「転向」する、との意だ。だから、略して「文転」。多くは、受験が近づく高校三年生になって、数学や理科の成績が伸び悩むことにより、「転向」を余儀なくされるのだろう。無鉄砲な生徒が減ってしまった。

ところで、漱石だ。

手元に明治一七年の漱石の成績表がある。大学予備門時代（一七歳）の「優劣表」である。

和漢文　五九・〇点　代数学　七八・九点（翌年九三・五点）

和漢作文	七〇・五点	幾何学	八六・五点
英文解釈	六六・〇点	日本歴史	七五・〇点
文法・作文	七五・五点	支那歴史	六八・〇点

のちの英文学者、日本文学者にして小説家である夏目漱石の得意科目は、「国語」や「英語」ではない。なんと「数学」だったのだ。実際、多くの同級生たちが漱石に対して、「君は理学進学だね」と言っていたと、漱石自身も述懐している。

たしかに、『坊っちゃん』執筆以前の漱石を調べていくと、なるほどと思うこともある。一九歳の時には、アルバイトで塾（江東義塾）の先生を経験している。教えていたのは、英語・地理に幾何学だった。本人も、理系科目の実力を自覚していたのかもしれない。

科学者たちとの交友関係も有名だ。かの物理学者、かつ文学者の寺田寅彦《とらひこ》とは師弟関係にあり、相対性理論や原子論に関心があった漱石は、何度も語り合っていたようだ。あの『三四郎』にでてくる「光線の圧力」の話などは、完全に寺田寅彦が題材の提供者だ。

もう一人。池田菊苗《きくなえ》と聞いてピンとこない人でも、「味の素」は誰でも知っているだろう。この「味の素」の発明者であり化学者の池田菊苗とは、イギリス留学時代の「文学への熱情が冷めかけていた」ころに出会った。神経を病み始めていたというこの時期に、化学論議をすることで、ずいぶんと気分転換が図れたともいう。

坊っちゃんが、なぜ物理学校に入学し、なぜ数学の教師になったのか。そのわけは、漱石の科学への興味と、「科学的思考」を大切にする頭脳回路のなかにあるような気がする。本当は、漱石は帝国大学の理系学科へ行きたかったのだろう。「文転」したのかもしれない。

今のように、進路指導やキャリア教育があったら、日本人初のノーベル物理学賞受賞者は、「夏目金之助」だったかもしれない。まあ、『坊っちゃん』が読めたから、「文転」に感謝！

その四　私立の学校にかかる費用

「私立」の授業料今昔
中学校を卒業したあと、坊っちゃんは兄から「縁切り金六百円」をもらったのだった。そして、こう考えた。「**六百円を三に割って一年に二百円ずつ使えば三年間は勉強が出来る**」と。
では、こうして計算したこの数字。本当にこの金額で三年間の教育が受けられたのだろうか。

『東京理科大学百年史』（東京理科大学）によって、当時の「東京物理学校」の授業料が分かった。

一学期　五円	二学期　六円	三・四学期　各七円	五・六学期　各九円

一年間二学期制とすると、年間授業料は平均一五円ほどになる。その他に、月一〇円程度の東京での生活費が必要だと言われていたから、年間一二〇円。計一三五円。これに家賃や本代等を加え、さらに卒業時に多少貯金があったようだから、ほぼ年間「二百円」になるわけだ。坊っちゃんの計算通り、三年間で見事に「六百円」である。やはり、漱石は正確さにおいてもモノが違う。

ところで、この「東京物理学校」の年間授業料は高かったのだろうか。

坊っちゃんの入学した明治三五年の「東京帝国大学」と「慶應義塾」とを比べてみよう。

東京帝国大学　二五円	慶應義塾　三六円	東京物理学校　約一五円

官立（国立）である「東京帝国大学」が高い。当時から私立の雄であった「慶應義塾」は、

もっと高い。それに比べれば、世間の評価が高かった「東京物理学校」は割安感が高い。授業料が安く、家からも近く、おいしい就職も可能なこの学校は、坊っちゃんにとっては、「安い・近い・うまい」の三拍子揃った学校だった。どこかのファストフードのようだ。

ところで、現代の受験生の多い私立大学（理学部系・首都圏）は、初年度に年間約二〇〇万円、二年目以降一四〇万円くらいかかる。すると、四年間でほぼ六〇〇万円だ。坊っちゃんの時代は「六百円」。一万倍して「六〇〇万円」だった。そして、現代は「六〇〇万円」。これも何かの因縁か。もちろん、変動するし、大学に支払う額だけを問題にしているから、「学費六〇〇万円説」とでも言っておこう。

平成の「坊っちゃん」にかかる教育費

ちょっとばかり考えてみた。現代に坊っちゃんがタイムスリップし、同じ程度の学歴を持とうとしたら、いったい教育費はいくらかかるのかと。

小学校を除いて、「ある私立の中学校」から「物理学校」までを、現在に置き換えて計算してみよう。何度も言うが、旧制中学校は現代の中高一貫校のようなものだ。

まずは、「ある私立の中学校」。先に推理した学校は確定はできないので、現代の私立中学校と私立高等学校を仮定する。文部科学省の「子供の学習費調査」の結果を参考にしてみよう。

授業料や教材費、積立金や通学費などを含んだ「学校教育費」は、

私立中学校　年間で約一〇〇万円　　私立高等学校　年間で約七二万円

中学校から高校卒業まで私立に通うと、ほぼ五〇〇万円だ。

つぎに、坊っちゃんが三年間通った「物理学校」。現在の「東京理科大学」だが、「数学科」としよう。

入学一年目の納入金　約一五〇万円　　二年目以降　約一二〇万円

四年間通うことになると、約五五〇万円である。坊っちゃんは下宿していたから、「自宅外通学生」となり、学費以外の生活費も相応にかかる。これが、「学生生活調査（日本学生支援機構）」によると、年間約一〇〇万円が平均のようなのだ。四年間の合計は、約四〇〇万円。

つまり、一〇年間でおよそ一五〇〇万円余なり。私立の学校に通う平成の「坊っちゃん」に必要な教育費は、ため息が出そうな金額になるのだ。

教育格差社会日本

　随分以前から、今の日本は「教育格差社会」だと言われている。生まれた家がどんな家庭か、特にどんな経済力かによって、その子供の受けられる教育に大きな格差が生じる社会、ということだ。

　結果、このことが「高学歴の再生産」につながる。リッチな親からは高学歴の子が、その子がリッチになって、今度は高学歴の孫が、という構造がずっとつづく。だから、格差がドンドン広がっていくわけだ。

　坊っちゃんの「高学歴」だって、兄からもらった「六百円」を含め、リッチな親の財産があったからと言うしかない。やはり「お坊っちゃん」なのだ。『それから』の長《なが》井《い》代《だい》助《すけ》もまた、実業家の父親がいるから、大学も出て「高等遊民」なんて言っていられた。完全なる「リッチな親のスネかじり」なのだ。ただし、「高学歴は幸せ」などということはあり得ない。漱石が描く主人公をみれば、一目瞭然だが。

　欧米の国々と比べて、「日本は平等社会」と言われてきた。でもそれは、高度経済成長以降の一時期だけだったのではないか。たしかに、経済的に恵まれない家庭に生まれても、学校教育で努力すれば、「高学歴→大企業就職→高所得」のチャンスが得られた時代はあった。ただ、そんな「流動化社会」は、確実に終幕を迎えているのでは、と思えてしまう。

　格差は特段に大きかったけど、高学歴のリッチマンはほんの一握り。あとは、みんなが貧乏だったのが、坊っちゃんの時代。もしかしたら、坊っちゃんの時代のほうが、よっぽど平等だったのかもしれない。

第二章 免許が要らない時代の先生たち

坊っちゃんが物理学校を卒業したのは、明治三八年七月だ。『坊っちゃん』の執筆時期からも、この時期に符合する記述がたくさんあることからも言えそうだ。すると、物理学校校長から就職についての声が掛かったのだ。

卒業してから八日目に校長が呼びに来たから、何か用だろうと思って、出掛けて行ったら、四国辺《へん》のある中学校で数学の教師が入《い》る。月給は四十円だが、行ってはどうだという相談である。おれは三年間学問はしたが実をいうと教師になる気も、田舎へ行く考えも何もなかった。尤《もっと》も教師以外に何をしようというあてもなかったから、この相談を受けた時、行きましょうと即席に返事をした。これも親譲りの無鉄砲が祟《たた》ったのである。（『坊っちゃん』一）

社会的評価の高かった東京物理学校の卒業生が、理学（数学・化学・物理）の教師になっていった例は多かったらしい。だから、それほど「無鉄砲」ではない。

それにしても、就活なしで、「四十円」（実はこれ、かなり高額です）での中学校教師へのリクルートは、坊っちゃんの優秀さを物語っている。「校長推薦」だったのだろうか。

こうして、坊っちゃんは「**四国辺のある中学校**」へ赴任することになった。この中学校は、間違いなく「旧愛媛県立松山中学校」がモデルだ。漱石自身も、のちの談話の中でそう語っている。

赴任したその日、中学校の狸校長（名はない）に出会う。そして、いきなり「教育の精神」について「長い御《お》談義」を聞かされる。

> おれ見たような無鉄砲なものをつらまえて、生徒の模範になれの、一校の師表と仰《あお》がれなくては行《い》かんの、学問以外に個人の徳化を及ぼさなくては教育者になれないの、とむやみに法外な注文をする。そんなえらい人が月給四十円で遥々《はるばる》こんな田舎へくるもんか。
>
> （『坊っちゃん』二）

さすが、高等師範学校出身（おそらく）らしい狸校長。教員免許状の、立派な持ち主のはずだ。教育者たるもの、生徒の手本・模範となり、その人徳で教え導きなさいとの、有り難いお言葉の数々。しかし、これには坊っちゃんがキレた。

到底あなたの仰《おつし》ゃる通りにゃ、出来ません、この辞令は返しますといったら、校長は狸のような眼をぱちつかせておれの顔を見ていた。（同）

坊っちゃんらしい反応だが、新人教員に建前を語る校長にキレてどうする。ここは納得せずとも、「拝聴しておく」のが基本だ。それが大人の対応。それにしても、この二人のギャップこそが、当時の教員養成教育を受けて免許を取得した人と、一般学校出身の人との埋めがたい溝なのだろうか。狸校長は、話す相手を間違えた。

そう言えば、これから教壇に立とうとする坊っちゃんは、教員免許状の持ち主なのだろうか。

その一　坊っちゃんは無免許先生？

現代先生の免許状

いまの世の先生は、ほぼ全員が教員免許を持っている。幼稚園から高等学校まで、もう少し正確に言うと、中等教育学校（いわゆる中高一貫校）や特別支援学校も含めて先生になるには、免許状が必要だからだ。教育職員免許法という法律で定められている。「幼稚園から高等学校まで」と書いたとおり、大学の先生には免許状は要らない。むろん、塾の先生も要らない。

では、免許状一枚あれば幼稚園から高等学校までの、どんな学校でも、どんな科目でも教えることができるのだろうか。

こんなことは、現職の先生には愚問だ。答えは「NO」に決まっている。

たとえば、小学校の教員免許だけしか持たない人は、高等学校では教えられない。もちろん、逆もまた同様だ。さらに、中学校の「数学」の免許しか持たない人には、同じ中学校でも「理科」の授業は担当できない。これらのことは、教育職員免許法にこうあるからなのだ。

教育職員は、この法律により授与する各相当の免許状を有する者でなければならない。（第三条）

くり返しになるが、「小学校で教えるなら小学校に相当する免許」が必要。「英語の授業をするなら英語に相当する教科の免許」が必要というわけだ。これが原則になっている（原則だから、例外措置もある）。これを「相当免許状主義」と呼んでいる。

これに違反すると、なんと先生本人だけではなく、採用した教育委員会や私立学校にも「三〇万円以下の罰金」という罰則まであるのだ。こちらの方は、現職の先生方はご存じだっただろうか。

ところが、こんな話を耳にする。

「いまやっている体育の授業は、近所のおじさんが太極拳を教えているよ」とか、「家庭科の授業にホテルの料理長が来て調理実習を教えている」なんていう話だ。実はこれ、届け出さえすれば認められるのだ。教員免許状を持たなくても、その知識や経験や技術を活かして、学校教育に参加してもらおうとの趣旨だ。このような「先生」を「特別非常勤講師」と呼んで制度化されている。年間を通じて教える場合もあって、毎年二万件ほどの届け出があるようだ。

もうひとつ、こんな例もあった。それは「民間人校長」だ。二〇〇〇年（平成一二）に法改正があって、教員免許状がなくても、教育に関わる職に就いたことがなくても、校長になれるようになった。民間の経営力を学校にも活かせ、とのことだろう。毎年、百人前後で推移しているようだ。

これらの例が、罰金を取られない相当免許状主義の例外事項だ。しかし、年間七〇時間も授業する「特別非常勤講師」とか、まったく教壇に立ったことのない「民間人校長」（ヘンな用語だ）とかとなると、教員免許って何だ、とは思ってしまう。

ところで、坊っちゃん先生は「相当免許状主義」に則っているのだろうか。

石川啄木と教員免許（初等教員編）

かにかくに渋民村《しぶたみむら》は恋しかり
おもひでの山
おもひでの川

（石川啄木『一握の砂』）

石川啄木が、生まれ故郷岩手県にある母校「渋民小学校」の先生を務めていたことは、あまりにも有名だ。そこで校長との確執もあって免職されている。啄木も坊っちゃんに似ている。しかし、その後も北海道函館の小学校に勤務した。坊っちゃんよりも、「先生」という職業に意欲を持っていたのかも。

実は、啄木の生きた時代は、ほぼ坊っちゃんと同じなのだ。漱石との因縁も深い。朝日新聞社の校正係として雇われた啄木は、『それから』を校正している。そこで漱石と出会い、そのもとで働いたり指導を受けたりもしているのである。

ここでは教員免許に関わって、「坊っちゃんの学歴」と「啄木の学歴」を比べてみよう。啄木の方が若干年下だが、小学校も中学校も入学時期はほぼ同じである。いや、坊っちゃんは計算上そうなるだけだ。

石川啄木の学歴

明治19年　生まれ
↓
明治24年　渋民尋常小学校入学
↓
明治28年　盛岡市立高等小学校入学
↓
明治31年　盛岡中学校入学
↓
明治35年　盛岡中学校　中途退学
↓
明治39年　渋民小学校　代用教員

上の表と第一章の「坊っちゃんの推定学歴表」とを見比べる。すぐにわかることは、二人の最終学歴の違いだ。

坊っちゃんは、「物理学校」の卒業。つまり、高等教育レベルの教育を受けている。ところが、啄木は「盛岡中学校」で中等教育を受けてはいるが、退学をしてしまった。この二人の学歴の差が、教員資格に関わってくる。

啄木が先生になろうとした明治三〇年代の初等教員（小学校の先生）免許を取るシステムは、簡単に解説すればこうなっていた。

師範学校（小学校教員の養成学校）か、中学校や高等女学校を卒業すること。または、教員検定試験に合格することだった。

啄木の場合は、どれにも該当しない。盛岡中学校という名門中学には通ったが、残念ながら「あと一年余り」というところで退学してしまった。検定試験を受験した様子もない。啄木は教員免許を持っていなかったのだ。

それでは、なぜ母校の先生になっているのだろうか。この答えは、次の「小学校令」にある。

第四十二条　特別ノ事情アルトキハ免許状ヲ有セサル者ヲ以テ小学校准教員ニ代用スルコトヲ得（傍点は筆者）

教員免許状がなくても、つまり「無資格」のまま教壇に立ってもよろしい、というお墨付きがあるわけだ。その代わり、資格は「正教員」ではなく「代用」であると言っている。この意味はといえば、「教員不足だから免許なしでも採用はします。仕事の中身も同じです。しかし、代用なのだから給料は低額にするよ」ということである。当時の日本は、日清日露の両戦争で財政は破綻寸前だった。その結果生み出した苦肉の策だった。

石川啄木には、自伝的小説『足跡』がある。そのなかで、自らの先生ぶりを周囲の正教員よりも高く評価している。よっぽど、自分の方が指導力があると言うのだ。そして、「余は日本一の代用教員である。これ位うれしいことはない」と主人公に言わせている。確かに、子どもたちには敬意を持たれていたようだが、磨きのかかったナルシストぶりだ。

だが、現代の「非正規雇用」ゆえの低賃金問題と同じで、代用教員の激安月給には本当に参ったらしい。

坊っちゃんと教員免許(中等教員編)

坊っちゃんは、物理学校を卒業後、ただちに松山中学校の数学教師になっている。旧制中学校の教員となったわけだ。現代でいえば、中高一貫校に該当する中等教育の先生を務めたことになる。ほんのわずかな期間だが。

ここで啄木と同様、明治三〇年代に限定して、中等教員免許を取るための方法を見てみよう。ひとつは、高等師範学校のような教員養成教育を受けること。あるいは、国の指定学校(たとえば、帝国大学など)を卒業することだ。もうひとつは、文部大臣が許可した学校(たとえば、のちの早稲田大学の東京専門学校や慶應義塾など)を卒業すること。これを許可学校と言うが、ほとんどが私立の学校だった。そしてもうひとつが、「文検」と呼ぶ教員資格試験に合格する方法だ。基本的な枠組みは、初等教員の場合とよく似ている。

明治三〇年代というのは、中学校への進学者が増え始めたころだ。だから、坊っちゃんが先生になった明治三八年ごろ、中学校教員の数はまったくの不足状態だった。いま中学・高校の先生になろうと思ったら、大学を出た後に教員採用試験を受ける。これが、平均倍率七倍を超える。県によっては二〇倍に達する。先生志望者は多いのだ。それは、免許状の取得できる大学の数が多いから、という理由もあるのだろう。

ところが、明治のこの当時、なにせ養成学校である高等師範学校は、たったの三校だけ。指定学校と許可学校は、合わせても一二校しかない。「文検」の合格率だって、一〇%だった。これでは、免許取得者を送り出すのには限界がある。官立の「指定学校」を増設する財政的な余裕もないのだ。

そこで政策として、「許可学校」を増やしていくことにした。そのほとんどが、私立だったからである。こうして近代日本の中等教育は、私立出身の多数の先生によって担われていく。そしてまた、この構図は現代にもつづいている。

さて、坊っちゃんだ。『坊っちゃん』を読めば、これまたどのルートにも当てはまらないことに気づく。狸校長の出ただろう高等師範学校なんて、どうみても肌に合いそうにない。赤シャツのように、「指定学校」の帝国大学ではもちろんない。そして、明治三八年時点での「許可学校」

に「物理学校」は入っていない（認定されたのは、大正六年）。「文検」はどうだろうか。この合格者は、同僚から「変種（変な人）」と呼ばれていたらしいから、このルートで取得していた可能性はある。しかし、『坊っちゃん』のどこを読んでも関係する記述はない。

つまり、坊っちゃんもまた、教員免許状のないまま教壇に立っていたのだ。

無免許でいいのだ

明治三〇年代の公立中学校では、教員免許状を持つ「有資格者」先生の割合は、五〇〜六〇％だったという（牧昌見氏『日本教員資格制度史研究』風間書房）。これは裏を返せば、「無資格者」のまま「先生」をやっている人が、四割程度はいたことになる。いったい、教員免許状を持たない「先生」が、こんなにいることが許されたのだろうか。

そう、許されたのです。きちんと「中学校令」という法律の但し書きにあるのでした。

第十三条　中学校ノ教員ハ文部大臣ノ授与シタル教員免許状ヲ有スル者タルヘシ
　但シ文部大臣ノ定ムル所ニ依リ本文ノ免許状ヲ有セサル者ヲ以テ之ニ充ツルコトヲ得（傍点は筆者）

まったく小学校教員の場合と同じ構図。「免許は持つべし。だが、持たない人を充《あ》てることは可能です」というわけだ。現代では考えられないが、冒頭に書いた「例外事項」に該当する正規教員たちが、山ほどいたことになる。

実際、坊っちゃんが教職に就いた明治三八年の全国の中学校教員で、免許状なしの「無資格者」は三六％である。坊っちゃんは、この中に入る。明治四三年の調査結果にはなるが、赴任先の松山中学校の場合も、「無資格者」は三一％だ。やはり三割が免許状のない先生だった。同年の首都東京でも三割を越えていた。

これなら、坊っちゃんが「無資格者」として教壇に立っていても、何ら珍しい存在ではないということになる。法的にも許されている。無理に「有資格者」である必要はなかったはずだ。無免許でいいのだ。もとより坊っちゃんは、教師になる気はそれほどなかったのだから。

それにしても、明治三〇年代の小学校教員も中学校教員も、四〜五割が「無資格者」だったことには驚く。たしかに、免許さえあればいいってものではない。でも、医師免許のないお医者さんに盲腸の手術をお任せしますか。教師の専門性や質を保障するものって、いったい何なのだろうかと考えてしまう。

明治期の学校教育の緊急課題は、教師の専門性とか質とかを問うことではなく、まずは「数を揃えること」だったのだ。このことが学校教育の質も、教員への評価も低下させていったとは言えないのだろうか。

漱石先生のことを話すのを忘れていた。漱石先生は指定学校である帝国大学の出身者だから、立派に「有資格者」です。

その二　漱石も教わった士族の先生たち

清和源氏と多田満仲

少しだけ話が変わる。第五章で話す「バッタ事件」の最中、坊っちゃんが自分の出自を明かすシーンがある。生徒に翻弄された坊っちゃんが、心の中で切る啖呵《たんか》だ。


このままに済ましてはおれの顔にかかわる。江戸っ子は意気地がないといわれるのは残念だ。宿直をして鼻垂《はなった》れ小僧にからかわれて、手のつけようがなくって、仕方がないから泣き寝《ね》入りにしたと思われちゃ一生の名折れだ。これでも元は旗本だ。旗本の元は清和《せいわ》源氏で、多田《ただ》の満仲《まんじゅう》の後裔《こうえい》だ。こんな土百姓とは生れからして違うんだ。

（『坊っちゃん』四）

「清和源氏」とは何か。ここで、短時間の日本史のお勉強だ。

坊っちゃんは、自分の出身を「旗本」だと言っている。そして、さらに遡れば「清和源氏」の「多田の満仲」の流れをくむのだ、とも強調する。

そもそも「清和」とは、八五八年に即位した「清和天皇」のことである。そして、この清和天皇の孫に「源経基《つねもと》」がいる。皇族の身分から離れ、初めて「源」氏を賜った人だ。だから、清和天皇からでた源氏＝清和源氏なのだ。その「経基」の子が「源満仲《みつなか》」。「多田の満仲」と称された。「多田」は、所領とした土地の名である。かの有名な「源頼朝」は、このずっと後の子孫に当たる。

「旗本」はご存じのように、江戸幕府でいえば将軍直属の武士だ。有名なところでは、大岡忠《ただ》相《すけ》（大岡越前）や遠山景元《かげもと》（遠山の金さん）は旗本だ。

もしも本人が言うように、**「多田の満仲の後裔」**で**「元は旗本」**なら、明治維新後の坊っちゃん家が「士族」に列せられたことは間違いない。したがって、坊っちゃんは「士族の先生」だ。しかも源氏の名門家につながるのだから、自慢げに啖呵を切るのも許されていい。ただ、ご先祖様を「多田の満仲（ただのまんじゅう＝只の饅頭？・）」とするのは、落語が大好物だった漱石特有の駄洒落なのだろうか。見事だ。

ちなみに、漱石の夏目家は代々「町方名主」である。現代なら、市役所・消防署・警察署の部署統括責任者にあたるかもしれない。結構な重責を担っている。それでも、幕府や奉行所の下請けだから、明治維新後の身分は「士族」ではなく、「平民」である。

士族のゆくえ

士族は、いわゆる「士農工商」の解体によって誕生した新身分制度のなかの、階級名称だ。明治維新によって、「武士」という職業を失った人たちである。失業保険のような一時金をもらったのだが、「あとは自分で何とかせい」と放り出されもした。特に困ったのは、ほんのわずかな金額しかもらえない下級士族たち。早めに転職先を考えねば、生活できなくなってしまう。

そこで、士族のゆくえだ。

ひとつの道として、官吏（公務員）や警察官になることがある。あるいは、徴兵制度が始まっていたから、「武」を活かした兵隊になる道もある。そして、その他のキャリア選択が、「読み書き力」を活かして学校の先生になるという道だ。もともと私塾などで教えていた人もいて、好都合でもあった。

もうお分かりだと思う。明治政府は、教員より先に学校制度をつくってしまったから、教員養成ができていない。だから、明治前半期は極端な教員不足の時代。そこに就活中の士族がリクルート先を求めていた。こうして学校の先生には、教える経験も一定の教養もある士族が多数を占める状況になっていくのだった。

　では実際のところ、各学校における士族の先生の占有率は、どのくらいだったのだろうか。東京府の小学校では、明治七年段階で六四%になる。中学校はどうか。明治一七年の府立第一中学校（のちの都立日比谷高校）でみると、八三%を超える。

　明治七年は、漱石が戸田学校という下等小学校に入学した年。また漱石は、明治一四年まで府立第一中学校で学んでいた。つまり、多感な小中学校時代の漱石は、まず間違いなくこの士族の先生たちに教わったはずである。

　そう言えば、『坊っちゃん』に登場する山嵐は会津士族。うらなり君は松山士族だった。

士族の先生のエピソード集

　明治初期の士族の先生は、どんな授業をしてくれていたのだろうか。唐沢富太郎氏の『教師の歴史』（ぎょうせい）には、このことに関するエピソードがたくさん載っている。そのなかから、いくつかをピックアップして紹介してみよう。当時の教師の実態が、生き生きと伝わってくるから面白い。

〈エピソード一　理数系教科は学力不足〉

士族の先生は漢学や国学には通じていても、算数ができない。加減乗除が満足にできる人が少なかったのだ。だから、子どもに小数の掛け算などを聞かれようものなら、「自習」とするか「上級生に聞け」となったらしい。ましてや、掛けると元の数より小さくなるような計算（たとえば49×0・8）は、まったく理解できていなかった。

きっと計算は商人のすること、という士族意識があったに違いない。

〈エピソード二　教科教育法に悩む〉

教え方にも苦労したようで、独自の開発をして教授したらしい。たとえば、アラビア数字を教えるに際しては、「1」は「一の倒立」。「3」は「達磨《だるま》」。「2」はその「達磨の走り」などだ。こんな教え方だから、子どもたちも、「3は蕨《わらび》の出た時のような字」とか、「6は鼻のような形の字」とか、「8は瓢簞《ひょうたん》のような字」などと個性的な言い方をしていたようだ。

では「12」は、「一が倒立している脇を達磨が走り抜けているやつ」とでも教えるのか。

〈エピソード三　仏教徒ゆえの教授法〉

暗記の仕方にもお経的なリズムを持ち込んだ。たとえば、漢字の音と訓を教えるために、一文字を読むとその合間には太鼓を打った。東・西・南・北を、「ヒガシ・トウ」↓

「ドンドコドン（太鼓の音）」↓「ニシ・サイ」↓「ドンドコドン」↓「ミナミ・ナン」↓「ドンドコドン」↓「キタ・ホク」↓『ドンドコドン」のようにだ。いまひとつリズムに乗れない。

ただし、これは優れた教授法だ。数学の公式や英単語の記憶法には、「声に出して読む」が常識になっている。視覚と聴覚に刺激を与えて脳を活性化させるわけだ。太鼓を使って強烈な音の刺激とリズム感を与えるというのだから、これはほとんど脳科学の世界だ。

しかしながら、学校中が相当うるさかったただろう。

〈エピソード四　やはり元武士は恐い〉

士族の先生は社会的にも尊敬され、威厳もあった。数年前まで支配階級だったのだから、納得できる話だ。だからこそ、生徒に対しては厳格であったようだ。

何しろ、竹の鞭だの紫檀《したん》（固いので有名な木）の杖だのを教室に持参する。生徒が脇見やおしゃべりでもしようものなら、容赦なくこの「武器」を使った体罰が加えられたと言うのだ。帯刀が禁じられたあとは、鞭や杖が元武士の権威の象徴となったのだろうか。どうみても、現代なら体罰を禁じた「学校教育法第11条」違反だ。

ところで、夏目金之助少年は、先生の竹の鞭攻撃にさらされずにすんだのだろうか。

坊っちゃんが先生になったころには、計算ができないとか、太鼓を叩いて教えるとかいった士族の先生は、さすがにいなくなっていただろう。ただ、このエピソードに描かれる姿は、寺子屋教育から学校教育への変化に対応すべく努力した、「師匠から先生へ」となった人たちの姿である。そしてそれはまた、養成教育を受けず、近代教育のカリキュラムを理解し得なかった、教員免許状のない「無資格者」たちの姿でもあった。

その三　先生の月給物語

石川啄木は八円教師

はたらけど
はたらけど猶《なほ》わが生活《くらし》楽にならざり
ぢつと手を見る

(石川啄木『一握の砂』)

短い生涯のほとんどが貧乏生活だった啄木。それだけに、この歌には極めてリアリティがある。それにしても、「いくら働いても、ちっとも生活が楽にならないなあ」は、今も昔も変わらぬ嘆息だ。しかし普通の人は、「ぢっと手」は見ない。ここが「天才歌人」と称される所以かもしれない。

この歌が載る『一握の砂』は、啄木が教職を辞めたあとの発刊だ。だが、教員時代の生活も相当困難だったことはよく知られている。当時の小学校教員は、正教員でも激安給料だったのに、啄木は免許状もない代用教員だったから、その金額はさらに低いものだった。先の自伝的小説『足跡』に、「健（啄木自身のこと）の月給は唯八円であった」とある。師範学校出身の校長でさえ、「一八円」であったと描かれている。

そもそも、当時の小学校教員の平均月額給料は、およそ「一八～二〇円」。初任給だと、「一〇～一二円」程度。啄木が勤めた岩手県は低額県だったと言われているから、この記述は正確なのだ。

ただしこの金額は、他の職種から比べても低すぎた。少なくとも、中等教育レベルの学歴はあるのに、その生活が保障できないような低額だった。実際、バイトに奔走する人も、高利貸しにもなって教員の体面を汚す先生も出てきてしまったらしい。このため、東京府知事が「厳重に処分すべし」と訓示までしている。現代版の、公務員の「兼業禁止規定違反だ！」というわけだ。

いつの時代でも、一般に、給料の額はその時代の社会的な地位を象徴する。小学校教員のこういった低額さは、その仕事への社会的な評価の低さと関係していたことになる。明治時代からの「しがない教師稼業」とか「惨めな天職」とのイメージは、こうしてその後も長くつづくことになったのである。

それにしても、啄木の「八円」は破格の低額さだ。当時、米一〇キログラムが約一円だから、家賃を引いたら米以外は何も買えないだろう。妻子もあったから、きっと、おそるべきエンゲル係数の高さだ。学歴ゆえの、そして免許状を持たないがゆえの貧困生活、と言えそうだ。

なんだか、「ぢっと手を見」たくなる気持ちが分かるような気がしてきた。

出身校と給料の深〜い関係

坊っちゃんは、いわゆる初任給が「四〇円」だった。これは、啄木の五倍だ。小学校の校長の二倍以上でもある。これが特別待遇なのかというと、そうでもない。明治四二年の公立中学校教員の平均月額給料は、「四二円三八銭」なのだ。坊っちゃんのころからインフレが起こっていたから、漱石は、ほぼ現実を正確に描いている。

では、民間と比べたらどうなのか。

実は、戦前の日本は完全なる学歴・学校歴差別社会だった。だから最終学歴が大学や旧制高校なのか、師範学校や旧制中学なのかは、給料の額の差になって現れる。これに加えて、出身大学が帝国大学なのか、そうではないのかとか、官立学校なのか私立学校なのかによって、あらゆる待遇がスタートラインから大きく異なる世界だったのである。まあ、いまの世もあまり変わらないのかも。

どんな風に違うかを、財閥系の「三井鉱業」の初任給（大正時代のものだ）を見てみよう。竹内洋さんの『日本の近代12　学歴貴族の栄光と挫折』（中央公論新社）を参照させてもらった。

帝国大学　工科出身　五〇円　法科出身　四〇円
東京高等商業（のちの一橋大学）出身　三五円
早稲田・慶応出身　三〇円
早稲田実業学校出身　一八円

と、こんな感じで出身学校による金額が示されている。同じ帝国大学でも、学科（学部）によっても差がある。このことは、公務員である教員の給料も同じだ。だから、松山中学校時代の漱石先生の給料は、二八歳にして「八〇円」。帝国大学出身ということもあって、ずいぶんと破格だ。校長よりも高かったことは有名である。

こうみると、坊っちゃんの初任給「四〇円」は、上等ではないか。小学校の先生とは比べものにならない。漱石は、職員会議の場で、教頭の赤シャツに「元来中学の教師なぞは社会の上流に位するものだからして、単に物質的の快楽ばかり求めるべきものでない」（『坊っちゃん』六）などという生意気な発言をさせる。でもこの給料からすると、当時中学校で教えるということは、そこまで言うほど価値あることだったのだ。

坊っちゃんは免許状は持っていなくても、「上流」と言われるような社会的地位が高い先生になれたわけだ。これも「物理学校」のお陰かもしれない。

現代先生の初任給

啄木の時代と違って、いまの先生は、あまりの薄給で生活が困難になるとか、生涯を清貧生活で終わるようなことはないだろう。九〇％以上の教員が、大学ないしは大学院卒業の学歴を持ち、「無免許先生」などいない現代。坊っちゃんの時代とは、日本全体が様変わりしたように、先生の世界も変わった。給料も変わった。

初任給はと言えば、ここ数年大きな変動がないから、およそ「一九～二〇万円」。公立の先生の平均初任給だ。地域差はあっても、啄木と坊っちゃんのような、小学校の先生と高校の先生の給料に差はない。男女差もない。もちろん、出身学校による格差などまったくない。そして、この金額は、全産業の大学卒業者の平均初任給と、ほぼ変わらない。

ただ、民間と違うのは、景気に大きく左右されない「公務員性」があること。そして、年齢が上がっても、大きく金額が上昇することがないことだろう。総務省の調査によれば、平均給料月額は、約四四歳で「三八万円」を越えるくらいだ。これまた、全産業の平均と変わらない。

先生になる人の精神性に、「お金に執着しない」という面があることを感じている。啄木のように生活に困窮することは避けたくとも、高収入を得たいがために教職に就く人は少ないかもしれない。だから、先生を収入面で競争させる教育政策を考えても、その効果は薄いと思うのだ。

ただし、四〇円ももらっていた坊っちゃんは、「四十円でこんな田舎へくるもんか」と文句を言っていた。だから、その坊っちゃんが現代先生になったら、「たったこれしきの給料で、先生なんかやるもんか」と、きっと言う。

現代先生の新免許制度

二〇〇九年から「教員免許更新制」が本格実施された。それまでの百年間、教員免許は「終身有効」だった。それが、「一〇年間有効」の期限付き免許になったのだ。世界的にも稀な制度である。

目的は、大学等の講習で「最新の知識技能」を得て、「社会の尊敬と信頼を得ること」にあるという。三〇時間以上の講習受講後に、修了認定試験も受けて、不合格なら免許の失効が待っている。

実は私は、この新制度の名誉ある第一期生だ。その経験から言っても、このままの制度なら早くやめた方がいい。先生たちは、経験の量も、学校の種類も、現在抱える現場の苦悩もことごとく違う。それなのに、こんな短時間の一律講習で、「最新の知識技能」も「尊敬と信頼」も得られるようになることなど、どう考えても不可能なのだ。「これを実現せよ」と迫られる大学の先生たちが、一番困っているに違いない。「失効」させる覚悟も求められるからだ。

どうせやるなら、「採用後一〇年で全教員を大学院に送り込む」なんていう方が、どんなに意味があるか。「最新の知識技能」の研究に思い切り苦しむ経験。再度教わる立場になり、試験も評価も受ける経験。これらは、「教えること」や「生徒の気持ちを理解すること」における深い省察へと導くはずだ。こんな「教員免許更新制」なら、きっと「尊敬と信頼」にもつながる。

その代わり、莫大な予算が必要になってくる。それを許すほど、社会が日本の教師の資質を問題にしているかが問われるのだ。お金もかけず、小手先のケチな変更を加えても、結局は誰のためにもならないと思うのだ。

第三章 坊っちゃんも現代先生も多忙なのだ

いよいよ学校へ出た。初めて教場へ這入《はい》って高い所へ乗った時は、何だか変だった。講釈をしながら、おれでも先生が勤まるのかと思った。

（『坊っちゃん』三）

坊っちゃんが、明治三八年九月から、いよいよ松山中学校の先生になった（推定ではあるが）。「高い所」から第一時間目の授業をしたわけだ。無鉄砲だから高い所が得意なはずの坊っちゃんだが、ちょっと不安をのぞかせている。誰だって、人前で「講釈」するのは緊張する。

二時間目に白墨を持って控所《ひかえじょ》を出た時には何だか敵地へ乗り込むような気がした。（中略）**三時間目も、四時間目も昼過ぎの一時間も大同小異であった。最初の日に出た級は、いず**

れも少々ずつ失敗した。教師ははたで見るほど楽じゃないと思った。　（同）

この日の坊っちゃんは、一時間目から昼を挟んで、五時間目まで授業をしたようだ。五〇分の講義調（講釈調）の授業を、立て続けに五時間目までしたわけだ。これは結構くたびれる。「教師ははたで見るほど楽じゃない」との言は、きっと、どんな人が先生をやっても最初にでてくる感想だろう。

授業は一と通り済んだが、まだ帰れない、三時までぽつ然として待ってなくてはならん。三時になると、受持級《うけもち》の生徒が自分の教室を掃除して報知《しらせ》にくるから検分をするんだそうだ。それから、出席簿を一応調べて漸く《ようや》御暇が出る。いくら月給で買われた身体《からだ》だって、あいた時間まで学校へ縛りつけて机と睨《にら》めっくらをさせるなんて法があるものか。　（同）

五時間目まで授業をしたということは、おそらく午後一時ころに授業は終了だろう。ところが、坊っちゃんの思惑とは違って、そのますぐには帰れない。三時には掃除の指導があり、そのあとは出席簿の管理も命じられているのだ。

ここで坊っちゃんの癇癪《かんしゃく》が爆発。用もないのに学校に縛りつけておくとはなんて法だ、とのお言葉。気持ちは分かるが、こんなことが言えるのは、いい時代だったのだ。

しかし、そのあとは真面目に毎日出勤して、規則通りの働きをしたようだ。なんと、休日出勤さえ経験している。日露戦争の祝勝会に生徒を引率するためだ。いまの先生なら、ほぼ当たり前のようになっている休日出勤ではあるが、なぜか、ここでは坊っちゃんの癇癪は起こらなかった。


昨日も芋、一昨日《おととい》も芋で今夜も芋だ。おれは芋は大好きだと明言したには相違ないが、こう立てつづけに芋を食わされては命がつづかない。（中略）――おれは一皿の芋を平《たいら》げて、机の抽斗《ひきだし》から生卵を二つ出して、茶碗の縁でたたき割って、漸く凌《しの》いだ。生卵ででも営養をとらなくっちゃあ一週二十一時間の授業が出来るものか。

（『坊っちゃん』七）


これは、下宿先の萩野のお婆さんから、毎日の食事に芋を出されて参っている坊っちゃんの姿。だから、卵を飲みながら「営養」のバランスをとっているわけだ。さもないと、「一週二十一時間の授業」がもたないと言う。

坊っちゃんの授業の「持ち時数」は、「週二一時間」だと分かった。つまり坊っちゃんは、月曜日から土曜日までの六日間のなかで、二一回数学を教えている。むろん、いろいろなクラスへ出向いているはずだ。これは、結構ハードかも。

その一　坊っちゃんの一日

坊っちゃんの教えた数学

興味深い資料を見つけた。坊っちゃんが中学校に勤務していた翌年、つまり明治三九年の、愛媛県立松山中学校の「学科課程及授業時間」である（『愛媛県立松山中学校一覧』愛媛県立松山中学校）。

この表を見ると、当時の松山中学校の生徒が学んでいた教科名がすぐ分かる。次のようなものである。

・修身（筆頭科目だ）　・国語及漢文　・外国語　・歴史／地理　・数学
・博物（生物？）　・物理及化学　・法制及経済（政治経済？）　・図画（美術？）
・唱歌（音楽？）　・体操（もちろん体育）

ほぼ、現在の高校カリキュラムの原形といっていいかもしれない。ただ、現在は「情報」や男女共修の「家庭」などもある。「学級・ホームルーム活動の時間」とか、「総合的な学習の時間」とかが当時はないのも、大きな違いではある。

坊っちゃんは、ここにある「数学」担当者なのだ。松山中学校では「数学」は、第一学年で「算術」、第二学年で「算術」と「代数」、第三、四学年で「代数」と「幾何」、第五学年では「三角法」と「幾何」となっている。このような内容で、各学年それぞれ週四時間あった。五年間全員必修のようだから、数学が重視されていたことが分かる。現代でも、「数学は大嫌い」と言う中学・高校生が多いことを考えれば、結構、当時の生徒たちも大変だ。これで、坊っちゃんに「分からない授業」でもされようものなら、苦痛以外の何者でもない。

明治時代の先生の生活時程

先生になった坊っちゃんは、何時に起きて、何時に出勤して、何時から授業をして、何時に退校したのだろうか。答えは、『坊っちゃん』のなかには見つかりません、としか言えない。

ただ、坊っちゃんのころの東京の中学校の、時間割みたいなものがあった。明治四二年出版の『東京府立第四中学校教育実況概覧』（東京府立第四中学校）に載っている。これで当時の生活時間割を作成してみよう。

8時5分	朝礼（運動場）　教員一同出場＝人員点呼・服装検査・遅刻制裁
8時10分	教室へ移動（教員付添）↓一限　授業開始
9時00分	授業終了↓運動場へ移動（教員付添）↓自由解散（教員四名は監督）
9時10分	教室へ移動（教員付添）↓二限　授業開始
10時00分	授業終了↓運動場へ移動（教員付添）↓自由解散（教員四名は監督）
10時10分	教室へ移動（教員付添）↓三限　授業開始
11時00分	授業終了↓運動場へ移動（教員付添）↓自由解散（教員四名は監督）
11時10分	教室へ移動（教員付添）↓四限　授業開始
12時00分	授業終了↓昼食開始↓担任はショートホームルーム（のようなもの）
12時15分	運動場へ移動（教員付添）↓長時間の自由解散
13時00分	教室へ移動（教員付添）↓五限　授業開始
13時50分	授業終了↓運動場へ移動（教員付添）↓自由解散（教員四名は監督）
14時00分	教室へ移動（教員付添）↓六限　授業開始
14時50分	授業終了↓放課・清掃三〇分間（教員は監督）

この「東京府立第四中学校」は、現在の東京都立戸山高等学校だ。

戦後のこういった伝統高校の生徒は、自主自由を標榜し、それを謳歌していた。しかし、この時間割表を見ると、明治時代の中学校は、かなり不自由だ。時間に厳しいことは決して悪くないが、常に先生に付き添われ監督下にある。母カルガモの後ろを歩く子ガモたちのようにだ。

朝礼でも「服装検査」がある。「そこの生徒、袴が短すぎる」とか、「その足袋には図柄が付いている。校則違反！」とかで叱られていたのだろうか。また、保証人の届けがなければ、遅刻に対しての制裁があったようだ。「体罰」が振るわれたのだろうか。いやいや、体罰は当時から禁止されていたはずだ。

でも最もしんどいのが、毎時間、授業の開始時と終了後には整列。そこから「教員付添」にて行進し、グランドと教室の往復をしなければならないことだ。これは、先生もしんどい。特に、担任の先生は出ずっぱりだ。朝礼、授業、休み時間の監督、昼休みの「ショートホームルーム(のようなもの)」、そして清掃指導とつづく。この清掃がまた、校長始め全教員が「熱中せよ」と規定されている。

「生徒と共にある」との言葉が教育界では使われるが、まさしく終日、「生徒と共にある」学校生活を送っている。これは、多忙だ。もっとも現代でも、小学校の担任ならこんな感じだ。今昔変わらず、ではある。

坊っちゃん先生の週時程

松山中学校が、東京の学校のような生活時程だったのかは分からない。そこで『坊っちゃん』

を読んで、その勤務状況を想像する。そして、坊っちゃん先生の「週時程」を作成してみよう。

「週時程」というのは、一週間分の生活時間割のようなものだ。

『坊っちゃん』から分かることは、以下である。

①朝は、比較的早い時間に出勤していた、らしい。

②授業は、持ち時数が週二一時間である。

③ある一日は、授業が五時間あった。休み時間は一〇分である。

④午後三時を過ぎても退勤できない。掃除と出席簿管理がある。

⑤ある曜日は、職員会議があった。

⑥毎日のように、早めの退勤で温泉へ行っていた、らしい。

⑦休日に出勤することもあった。(日曜日とは限らない)

⑧宿直当番にもなった。(翌日も授業があった)

時間割のようにすると、左ページの表のような感じの生活になるはずだ。びっしりと詰まったスケジュールで、なかなか多忙な日々だ。もちろん、こんな週ばかりではなく、会議も宿直もない日がある。退勤時間も、現代の感覚からすれば早い。道後温泉でくつろげる時間もある。団子屋にも蕎麦屋にも寄る余裕がある。

だが、ここには「教材研究」の時間が示せていない。漱石先生の「教材研究」の丁寧さは、関

坊っちゃん先生のある週時程

	時　間	月	火	水	木	金	土	日
	8:00	出勤	出勤	出勤	出勤	出勤	出勤	祝勝会の引率
1	8:30〜9:20		数学	数学	数学	数学		
2	9:30〜10:20	数学		数学	数学		数学	
3	10:30〜11:20		数学	数学	数学	数学		
4	11:30〜12:20	数学	数学		数学	数学	数学	
5	13:00〜13:50		数学	職員会議	数学			
6	14:00〜14:50	数学				数学		
放課	15:00	掃除出席	掃除出席		掃除出席	掃除出席	掃除出席退勤♨	
	16:00？	宿直♨	退勤♨	退勤♨	退勤♨	退勤♨		

係者の証言から明らかだ。しかし、『坊っちゃん』には、坊っちゃんが授業準備で時間を割いたとの記述は、ほとんどない。

それでも、新採用教師が毎日毎日の数学を教えるのに、下準備なしで教室に行く勇気は、まずないはずだ。いくら無鉄砲な坊っちゃんでも、それでは授業は成立させられない。だからこそ、週二一時間という持ち時数の負担は、相当に重いのだ。

しかも、当時の生徒定数は五〇人。教室は、男臭さでむせかえる。有り余る精力に気圧される。クラスは毎時間変わるにしても、こんな男ばかりの生徒相手に週二一回の数学を教えるのだ。坊っちゃんだって、大変な肉体的疲労感と精神的ストレスのなかにいるわけだ。

びっしりと詰まった授業、放課後の「雑務」、寄宿生と格闘する宿直当番、休日出勤での生徒引率などなど、坊っちゃん先生の毎日も、かなり多忙である。これでは、芋の栄養素（主に炭水化物）だけでは健康を損ねる。そう、卵のタンパク質で疲労回復だ。

その二　現代先生と漱石先生の実情

先生の仕事への勘違い

初任者の坊っちゃんは、自分の担当授業は終わったのに、「まだ帰れない」と不満を漏らしていた。学校の先生の職務が分かっていないのだ。

ただ現在でも、関係者以外には、「先生の実態」が正確には理解されていないかもしれない。先生の仕事は授業だけで、終わればフリーと考えている人が結構いるのではないだろうか。

多くの人が、生徒目線で学校生活を送ってきたのだから、生徒の前にいない先生が、「いま何をやっているのか」という実態は見えなかったはずだ。それで、社会人になってからも、こんな認識を持っている人もいる。

「あの先生、授業終わるとすぐに、○○予備校へ行ってしまうんだ。」
「文化祭？　それは生徒がやるもんでしょ。先生はいいよな、安息タイムがあって。」

「教育公務員特例法」というのがあって、「教員は、授業に支障のない限り、本属長の承認を受けて、勤務場所を離れて研修を行うことができる。（第二十二条）」とある。だから法律的には、先生が研修のために学校外部でお勉強をすることは可能だ。

しかし、いまどき、坊っちゃんのように授業さえ終われば温泉に行って、団子や蕎麦を食っていて生徒に出くわす。こんなことは、あり得ない。というよりも、学校を離れたら翌日の授業や校務の準備ができなくなり、自分の首を絞めることにもなるはずだ。ましてや「予備校へ」などという、そんな「兼職教師」は、とっくに絶滅した。

もうひとつ、文化祭が先生の休息時間だった時代は、もはや歴史物語のなかにしかない。そもそも、学校行事は、「学校の教育活動として行なう事（特別活動）」なのだ。

そう考えると、文化祭の企画決め、そのお金の出所、役割分担の方法などの過程に関わらない教師など、いない。ましてや本番当日、「お化け屋敷が崩れた！」の事故や、「暴走族が入ってきた！（最近あまり聞かなくなったが）」の対応や防止は、職務というよりも義務だ。「安全配慮義務」

である。坊っちゃんが、休日に生徒の引率をして「監督」したのも、「安全配慮」のためだ。だから、企画が演劇や飲食店といったものなら、一日中「教員付添」なんて場合の方が、ずっと多いのでは。

先生なら、どんな行事も感動的なフィナーレを迎えられるように願っている。それは法律で呼ぶ「教員」ではなく、「教師」になった人の本能かもしれない。「生徒がやるもんでしょ」と生徒に思わせておいて、縁の下で支える構図をつくれる先生こそ、優れた先生だ。それが外部からは、「生徒だけがやっている」ように見えるかもしれない。だから、先生は疲れる。

国民的小説『坊っちゃん』が、多くの人に「先生の仕事」を勘違いさせたかもしれない。

OECDの調査が語る実態

OECD（経済協力開発機構）は、「国際教員指導環境調査」なるものを発表している。その第二回調査（二〇一三年）の結果によると、日本の中学校の先生は、世界（加盟国）でも群を抜く多忙さのなかにいるようだ。

なにしろ、一週間の勤務時間は五三・九時間。一日平均にして一一時間で、世界最長だ。そして、何よりも世界標準ではないのが、「課外活動」と「一般事務」に関わる時間だ。世界標準どころか、加盟諸国平均の二倍から三倍以上である。つまり、授業以外の部活動の指導とか、書類の作成とかにかける時間が、世界でも図抜けている、ということなのだ。

たしかに、日本の中学校・高校では、「教員は全員が部活動の顧問」が基本だ。坊っちゃんなら、数学部か喧嘩部か、江戸弁研究会の顧問になるだろうか。まあ、まず引き受けないだろう。きっと、敵である生徒に放課後までも教えるなんて、そんな「法があるものか」と言うに決まってる。

それにしても、勤務時間と無関係に指導に当たり、土日も休めない日本の顧問制度。これは世界的には、かなり特異な存在だろう。ただ、先生が部活動に関わることの意義は、すこぶる大きいとは思う。

また、いつからか、学校の書類の多さを実感していた。そして、毎日パソコンに送られてくる、それこそ、いやっと言うほどの提出書類の山は、誰のためのものなのだろうかと思っていた。どんな先生だって、こんな書類を精魂込めて書くくらいなら、やはり授業の中身に精魂込めたいはず。実際、「生徒の主体的な学びを引き出す」授業づくりへの自信が、他の諸国より著しく低いことも、この調査から分かっている。教材研究不足の自覚だ。

ＯＥＣＤ調査の「世界一多忙な先生」との結果は、現職の先生方には特別な驚きはないだろう。なにせ、誰もが「無制限で無境界な職務内容」について、感覚的には十分過ぎるくらい分かっていたからだ。

漱石先生も多忙だった

漱石先生が、「教師を辞めたい、辞めたい」と語っていたことは有名だ。神経衰弱ともされた心の問題もあったかもしれない。でも、大きな理由の一つに、「持ち時数」の多さがあったような気がする。『坊っちゃん』では、坊っちゃんに週二一時間の授業を持たせているが、実はこのころ、漱石先生自身は、もっと多くの時数を担当していたのだ。

川島幸希氏の『英語教師　夏目漱石』（新潮選書）によると、漱石先生の持ち授業時数は、明治三六年から東京帝国大学の講師となって週六時間。同時に、第一高等学校では、週二〇時間。さらに、翌年から明治大学で四時間（土曜日）だった。合計、週三〇時間になる。漱石自身も「僕は一週間に三十時間近くの課業をもって居る」（明治三九年二月一五日姉崎正治宛書簡）と書いているが、これでは、ものスゴイ多忙のなかにあったに違いない。

授業準備を怠らないのが漱石だから、教材研究にも多くの時間を割いていただろう。しかも、教科書の校訂も、学生の就活の面倒までもみている。講師でありながら、大学での進路指導もする漱石先生は、やはり偉い。これに加えて、学力不足の学生（今も昔も変わらない）へのイライラや、英語学試験委員問題（講師に試験業務を担当させる問題）による教授会とのバトルもあった。このあたりの話は、鈴木良昭氏の『文科大学講師　夏目金之助』（冬至書房）に詳述されている。

ただでさえ、人前で講ずることが仕事の教師。その緊張感の連続は、どんな人でも常なるストレスだ。これに職場での対人関係ストレスが加わっては、漱石先生が胃潰瘍になるのも無理はない。おまけに、『吾輩は猫である』も『坊っちゃん』も、この間に執筆していたのだ。「語学試験なんか多忙で困ってる僕なんか引きずり出さなくったって手のあいて居る教授で充分間に合うのだ」（明治三九年二月一七日姉崎正治宛書簡）と不満をぶつけた。そして結局、多忙と理不尽さを理由に委員は拒否したのだが、これでは卵をいくつ飲んで栄養を取っても、しのげない。それよりも『猫』や『坊っちゃん』を執筆する方が、よっぽど薬だったのかもしれない。

もしかしたら、この多忙の中で、教職にあるはずの「やり甲斐」を、漱石先生御自身も見いだし得なくなっていたのではないだろうか。はたまた、理想とする教職とは無縁の、余計な仕事の累積が「やり甲斐」をも奪ってしまったのだろうか。

先生って、ずっと昔から多忙な職業だったのだ。では、「多忙で困ってる」と言う漱石も、「世界一多忙」な現代先生も、それを克服するための「やり甲斐」とは何なのだろうか。いや、世に忙しい人はいくらでもいる。会社員も公務員も、職人さんも店員さんも主婦も、みんなが多忙な時代だ。それでも多くの人が頑張れる原動力、それはどこにあるのだろう。

休憩時間と先生

七月・九分　　八月・四四分
九月・一〇分　一〇月・七分
一一月・七分　一二月・六分

これは、二〇〇六年の「教員勤務実態調査」（文部科学省）による、先生の「一日の休憩時間」。公立小中学校の教員の実態で、月ごとの休憩時間の一日平均がこうある。

夏休み中の一時期を除けば、休み時間はないに等しい。給食や生徒指導の時間が常にある、先生の仕事の特性とも関係あるが、この実態はものスゴイ。東北大学の二〇一二年調査では、さらにこの休憩時間が短くなっていることも分かっている。

この状況だと、一〇分間の休み時間（坊っちゃんの時代も同じ）は、一分くらいでお茶を飲み、二分くらいでトイレから戻り、五〇mを猛ダッシュで授業を行う教室に向かう。これを一日中くり返すのだろう。これじゃあ「休み時間」とは呼べない。つい、脱水症と泌尿器系の病気を心配してしまう。自分が年とった証拠に違いない。

この慌ただしい一日が、精神的な負担となる「多忙感」や、「いい授業」を困難にする要因ともなってしまう。ゆっくりお茶を飲みながら、漱石論や鷗外論を闘わす場面も、同僚と将棋を指しながら生徒の話題で盛り上がる会話風景も、全国どこの学校からも消えてしまったのだろうか。大切なことなのに。

この数字を見ると、新聞に毎日載る「今日の首相動向」を思い浮かべる。分刻みでの勤務に追い立てられる先生も総理大臣も、いったいどこで気持ちを解放しているのだろうか。

第四章

坊っちゃんの時代の遠足・運動会・修学旅行

『坊っちゃん』の時代、遠くへ出かけることは、やはり、それなりの覚悟が必要だったようだ。いよいよ、松山中学校へ向けて出立だという日に、坊っちゃんのこんな言葉がある。

生れてから東京以外に踏み出したのは、同級生と一所に鎌倉へ遠足した時ばかりである。今度は鎌倉どころではない。大変な遠くへ行かねばならぬ。地図で見ると海浜で針の先ほど小さく見える。どうせ碌《ろく》な所ではあるまい。どんな町で、どんな人が住んでるか分らん。分らんでも困らない。心配にはならぬ。ただ行くばかりである。尤《もっと》も少々面倒臭い。

（『坊っちゃん』一）

どうも坊っちゃんの行動範囲は、東京と神奈川だけだったようだ。遠足に行った鎌倉までは、東京神田辺りから約五〇kmなのに、松山までは六七〇kmある。当時としては、「大変な遠くへ行かねばならぬ」くらいの覚悟は必要だったかもしれない。だから、風邪をこじらせていた清が、今生の別れとばかりに駅で見送ったのも、分かるような気がする。

> 車を並べて停車場へ着いて、プラットフォームの上へ出た時、車へ乗り込んだおれの顔を眤《じっ》と見て「もう御別れになるかも知れません。随分御機嫌よう」と小さな声でいった。目に涙が一杯たまっている。おれは泣かなかった。しかしもう少しで泣く所であった。汽車がよっぽど動き出してから、もう大丈夫だろうと思って、窓から首を出して、振り向いたら、やっぱり立っていた。何だか大変小さく見えた。（同）

『坊っちゃん』のなかで、こんな感傷的なシーンは珍しい。ちょっと古いが、週末の新幹線最終電車（シンデレラ・エキスプレス）に乗り込んだカレシと、それをホームから見送るカノジョの姿のようだ。そのくせ、一か月後には帰京する。だが、このシーンは、『坊っちゃん』最終章への見事な伏線なのだ。

ここに登場する「停車場」は、「新橋停車場」である。東京駅は、大正三年（一九一四）に完成して旅客ターミナルとなるが、坊っちゃんの出立した明治三八年のこのときには、まだない。

左下の写真は、明治五年（一八七二）に開業した「新橋停車場」の駅舎だ。鉄道唱歌の「汽笛一声新橋を……♪」で有名な駅であるが、関東大震災のときに焼失してしまった。ただ、少なくとも明治時代の遠足や修学旅行では、その多くがこの駅舎から旅立っていったはずである。現在、駅舎はほぼ忠実に復元され、資料館として、かつてのこの場所に建っている。清が見送りに立った「プラットフォーム」も発掘され、復元展示もされている。

坊っちゃんは、このプラットフォームから松山へと向かっていったわけだ。

その一　遠足と運動会は同じもの

漱石の「遠足」を再現

坊っちゃんは、「同級生と一所に鎌倉へ遠足した」（同）ことを回想している。これは、漱石の体験に重なるらしい。

随筆『満韓ところどころ』の記述の中に、こんな話がある。

明治30年代の新橋停車場
国立国会図書館蔵

明治二十年の頃だったと思う、同じ下宿にごろごろしていた連中が七人程、江の島迄日着《ひづけ》日帰りの遠足を遣《や》った事がある。赤毛布《あかげっと》を背負《しょ》って弁当をぶら下げて、懐中には各《おのおの》二十銭ずつ持って、そうして夜の十時頃迄かかって、漸く江の島の此方《こっち》側迄着いた事は着いたが、思い切って海を渡るものは誰もなかった。（傍点筆者）

この話は、同行した太田達人《たつと》という友人の談話にもある。「十人会」と称した、大学予備門の仲間でつくった会があるが、その仲間たちと江ノ島まで徒歩旅行に出たと言う。帰りには、鎌倉にも寄っている。下宿があった神田猿楽町から片道「一六里（六四km）」を、歩いて往復する趣向だったらしい。

この道を、太田の談話にしたがって再現する。

神田（まだ暗いうち）→品川（夜明け方）→神奈川（昼飯）→藤沢（夜八時ごろ）→江ノ島

どうやら、東海道を歩いたみたいだ。時期が七月下旬だという。

この時期の東京の日の出時刻は、午前五時ごろ。すると、神田を出たのが午前四時とし、品川を午前五時過ぎ（夜明け方）に通過。神奈川県の藤沢に着いたのが午後八時なら、ここまでで一六時間かかっている。そして漱石の言うとおりなら、午後一〇時に江ノ島の対岸に着いたことになる。この距離一六里（六四km）を、一八時間かけて歩いた計算になる。

実際の距離では、一六里はちょっと長すぎる。が、途中で寺社などに寄れば、この距離に近いかもしれない。ちなみに、WEB上のソフト（Map Fan Web）で検索してみた。

このソフトは、時速三kmで歩くと想定して、指定した区間の距離と要する時間を計算してくれるスグレモノだ。それによると、神田から片瀬江ノ島までを最短距離で歩くと、一八時間三七分だ。漱石たちの記憶は、実に正確なのだ。それにしても、昔の人はよく歩いたものだ。往復一二〇kmを踏破するのだから。

ただ、漱石は復路は途中から汽車に乗って一人で帰って来た、と太田は言う。あまり「真っ直ぐな性格」ではない。

明治一〇年代の「遠足」

漱石は、歩いて江ノ島まで行ったことを「遠足」と称している。坊っちゃんの「鎌倉へ遠足」というのも、徒歩であることは間違いない。そう、明治期の学校の「遠足」は、徒歩で校外に出て行く、文字通りの「遠くへ足を運ぶ」行事なのだ。

では、何のために「遠くへ足を運ぶ」必要があったのか。

明治初期の、特に小学校の「遠足」には、三つの意味が込められていたという（山本信良『学校行事の成立と展開に関する研究』紫峰図書）。

一つは、「博物」や「歴史」の授業に役立つように、見聞を広げる意味。ただし、当時の小学生の作文には、先生から遠足と聞かされたとたん、「手が舞い足も覚束ないほど、嬉しくて仕方なかった」とある。ということは、レクリエーション的な意味もあったのだろう。まあ、現在の遠足に近いかもしれない。この反応に比べていまの小学生は、どうだろう。先生が「遠足は、ディズニーランド！」と発表した瞬間、「マジ？・もう一〇回目」なんていう反応が返ってこないのだろうか。

二つめの意味は、「行軍」として実施されたこと。明治初期、「兵式体操」という軍隊式の隊列運動が教育活動に取り入れられるようになった。「全体進め！」の号令で集団移動する、つまり「行軍」だ。一種の軍事訓練である。これをも「遠足」としたらしい。

三つめは、同じ体操でも、「普通体操」とよぶ集団運動のために「遠足」したということである。この「普通体操」とは、現在のラジオ体操やエアロビック体操のように器具を使わない体操や、「遊戯」という旗奪い（戦争ごっこ？・）とか相撲や球技などを組み合わせたものだ。みんなで体力強化に努め、おまけに集団活動を訓練する機会にもなった。

ちょっと待て、何で普通体操のために「遠くへ足を運ぶ」必要があるのかだ。

現代人は、学校というと、校舎と広い校庭があることを前提に考える。ところが明治時代初期の小学校には、いわゆる校庭はなかった。江戸時代の寺子屋や藩校を考えたとき、「百m走ができるコース」とか、「サッカーのできるグランド」は思い浮かばないだろう。そもそも江戸時代の人、特に武士は基本的に走らない。そして、集団で行動する習慣もない。だから、維新後の学校に校庭を作るという発想はなかったのだ。

もうお分かりだろう。学校に校庭がないのだから、運動のできる広い場所を求めたのである。そこで選ばれたのが、川原・原野・浜辺・神社の境内などだ。この時代なら、こういった広い場所はいくらでも探せただろうし、所有権がどうこうという案件も発生しないだろう。唯一の問題は、学校のすぐ近くに適当な場所がなかったことだ。それが「遠足」した理由なのだ。

明治二〇年代の「遠足運動会」

ここで、話が「運動会」のことにかわる。

明治時代初期の小学校には校庭がなかったのだから、「運動会」は学校ではできない。それは、どこの小学校でも同じ事情だったはずだ。

そこで、その最適な場所を川原や原野に求めた。この場所で、数校が合同して連合運動会を行ったのだ。そうなると、またまた、この会場まで隊列を組んで行軍する。先の「遠足」と同じだ。だから、当時は「遠足運動会」とよんで、遠足と運動会は未分化だったようだ。

ところで、各小学校からぞくぞくと行進してくる姿は、それを沿道で見守る村の人たちにとっては、「おらが村の代表だ」と思えた。甲子園出場を決めた野球部を、垂れ幕や旗でもって送り出す地域住民や商店街の人たちのようにだ。だから、この行進は、就学率の低かった時代にあっては、「学校に来ると、こんなに楽しく誇らしいことが待ってるんだぞ」と宣伝する効果があったはずだ。と同時に、運動会に村人の応援が加わるようにもなり、祭り的性格も出てきた。今も小学校の運動会では、保護者やお祖父ちゃんお祖母ちゃんが早朝から席を取り合う。そして、「我が子我が孫」の撮影のためにビデオ撮影の嵐が起こる。しかし、この風潮は別段新しい話ではないのだ。

運動会のために子どもたちが隊列を組んで行進し、現地で大々的な旗奪いや綱引きなどを実施する。そうすれば、軍事訓練と体力強化とが合体した集団活動となる。さらに、その活動に地域が参加することで、学校への理解が進み、教育活動を支援する効果も期待できた。まさに、一石三鳥だったわけだ。

それにしても、遠足も運動会も軍人養成の意味合いがあったとは、学校教育は国家の意志でその内容が規定されるというよい例だ。明治二〇年代、まもなく勃発する日清戦争。日本はいよいよ本格的な戦争の時代に突入する。学校教育における基礎的な軍人養成が急がれたのだった。

坊っちゃんは、このとき小学生。漱石が江ノ島まで黙々と歩いたように、坊っちゃんの遠足もまた、同級生と隊列を組みながらひたすら歩く行軍だったはずだ。面倒くさがり屋の坊っちゃんが、先生の指示通りに歩いたかどうか、これはかなり怪しい。いや、「真っ直ぐな性格」だから、「真っ直ぐ」には行軍したかもしれない。

その二　大学と小学校の運動会

三四郎の見た運動会

運動会というと、頭上に万国旗が翻る小学校を思い浮かべる。でも、もともとは高等教育から始まったのだ。海軍兵学寮、札幌農学校、東京帝国大学などの運動会である。目的は、輸入品である運動や体操を、ひろく国民に普及させるための教育研究の一環であったには違いない。

実は、漱石の『三四郎』のなかに、大学の運動会の場面がある。『三四郎』は『坊っちゃん』から遅れること二年、明治四一年（一九〇八）に発表された作品だ。

主人公の三四郎は、熊本から上京して東京帝国大学に入学した。そのあと、「三四郎池」（もちろん、のちの名称）で出会った美禰子《みねこ》さんを探して、初めて大学運動会を見学することにした。

二百メートルの競走が済んだのである。（中略）一番に到着したものが、紫の猿股を穿《は》いて婦人席の方を向いて立っている。能《よ》く見ると昨夜《ゆうべ》の親睦会で演説をした学生に似ている。ああ背が高くては一番になる筈《はず》である。計測掛が黒板に二十五秒七四と書いた。（『三四郎』六の十）

三四郎は、運動自体はあまりお好みではなかったようだ。しかし、この二百メートル競争には関心を示したのか、一番（一等）のタイムを「二十五秒七四」と詳細を語る。

このことに関して、二つの話をしておきたい。漱石と関わっていて面白いからだ。

一つは、「二十五秒七四」だ。現代なら、まったく不思議に思わない百分の一秒までの計測である。ところが、五輪で百分の一秒計測が登場するのは、昭和四三年（一九六八）メキシコ五輪での、「一九秒八三」からだ。『三四郎』が書かれたのは、明治四一年（一九〇八）だった。

これは、どういうことだ。

このことについては、漱石の愛弟子である、文筆家にして物理学者の寺田寅彦が関係する。

寺田は、東京帝国大学の指導教官である田中館愛橘《たなかだてあいきつ》とともに、このころ既に電気時計を開発していたらしい。そして、この東大運動会で実験的に計測したのだという。世界的にはまだ未使用だったものが、なんと東京帝国大学運動会では活躍していたわけだ。だから百分の一秒計測がなされた。

もう一つは、「ああ背が高くては一番になる筈である」と書かれた学生。彼の名は、藤井実だ。実在の人物である。岸野雄三編著『新版近代体育スポーツ年表』（大修館書店）という本には、こうある。とにかく驚いた。

明治35年11月14日　東京帝国大学の運動会で藤井実　１００mを１０秒２４で走り世界記録を出す

なんとなんと、当時の世界新記録だというのである。しかも、百分の一秒までの計測だ。もちろん、現代（二〇一六年一月現在）の百メートル競技の世界記録は、かのウサイン・ボルト選手の「九秒五八」である。いまなら、「一〇秒二四」は、日本の上位クラスの選手が出す記録くらいだ。

ところが、だ。当時としては、これは驚異的な大記録なのだ。なぜなら、明治三五年以前の世界記録は、「一〇秒八」だからである。そんな大記録が、東京帝国大学の運動会で出てしまったというのだ。漱石はこのときイギリス留学中で、歴史的場面には立ち会っていないはず。これら運動会シーンのネタ元は、寺田寅彦だったらしい。それで、『三四郎』では二百メートル競争に設定したのかもしれない。ただ、やはり電気時計の精度の問題があって、この記録は世界的には公認されなかった。

明治三〇年代の運動会プログラム

話を、小学校の運動会に戻す。

明治三三年（一九〇〇）の「小学校令」によって、屋外の体操場（グランドだ）を設置する義務が学校に課された。背景には、多くの兵士が病気で倒れた日清戦争がある。

政府は、この戦争の総括を「わが国民の体力が劣っていることが痛感された」としたのだ。だから、立身出世の勉強ばかりしてないで、体育と徳育に力を注がなければ戦争には勝てない、と考えたのである。これを聞いた当時の兵隊さんにしてみれば、「病気は俺たちのせいなわけ？ 食料や水の補給がなかったからじゃないの？」と言いたくもなるだろう。だが、これが学校にグランド設置を義務づけた理由だ。

小学校にグランドができたのだから、もう「遠足運動会」は不要だ。各校の体操場で単独の運動会が実施されるように変わっていく。この形が現代の運動会の原形になったと言っていいだろう。

では、坊っちゃんの時代の運動会では、どんなプログラムが実施されていたのだろうか。明治三六年発行の佐々木亀太郎著『競争遊戯最新運動法』（藜光堂）という本から抜き出してみよう。

個人	団体
遊戯　体操　兎飛　スプーンレース　障害物　提灯競争　担架 札拾　戴嚢競走（豆袋を頭に載せて走る）　御輿競走　武装	旗奪ひ競走　五色旗送　二人三脚　樽回し　川瀬の渡し 韓信競走　擬戦　綱引　玉送り　小隊教練　城落し　騎兵戦争

名称から想像がつく種目も、現在まで受け継がれている種目もある。分かりづらいのは「武装」。これは、障害物競走の軍事版で、軍靴・脚絆《きゃはん》・剣・背嚢《はいのう》・銃・帽子の順に身につけていく競争。次々に武装していくのだ。「旗奪ひ競走」は、まさに現代版「棒倒し」。赤白の旗（要するに源平合戦を模したのだろう）を立てた棒を、「猿のごとく登って奪え」のように説明されている。「韓信競走」は、中国の前漢時代の武将にまつわる逸話「韓信の股くぐり」からきている。二人一組になり、お互いの股下をくぐりながら前進。これを他チームと競う。敏捷性を養うとあるが、目が廻りそうだ。「騎兵戦争」は、現在の「騎馬戦」そのものである。どの競技をとってみても、戦闘的で勇ましい。

団体種目を見ると、遊戯性の中に軍事色が濃くなっていることがわかる。余興ではあるが、「敵国軍艦二隻を模造し、児童をしてこれを焼尽せしむ」なんて種目もある。「敵の軍艦をまねて作り、これを焼き尽くせ」とは、なんとも物騒だ。

もともと運動会は競争的なものだから、闘いは、むしろ本質かもしれない。無鉄砲で喧嘩好きの坊っちゃんなら、運動会で欣喜雀躍する姿が目に浮かぶ。だが、坊っちゃんの時代は、まさに日清・日露戦争の時代だ。その肉体的・精神的な強兵のために、学校の運動会へ「闘い」を持ちこんだという面があったことは確かだろう。

運動能力が高かったという漱石先生は、この教育活動をどう見ていたのだろうか。

その三　修学旅行の今昔

発火演習が目的？　明治の修学旅行

明治時代の修学旅行は、現代のそれとは大きく趣を異にする。特に初期のものは、その目的が現代版とはまったく違うのだ。

修学旅行の起源は、明治一九年に東京師範学校が実施した「長途遠足」だと言われる。師範学校とは、先生になるために設立された教員養成学校のことだ。特に東京師範学校は、その第一号であり、東京師範学校→東京高等師範学校→東京文理科大学→東京教育大学→筑波大学となる。ただし、この系譜はそう単純なものではなく、学校の中身は全く異なるものだと思った方がいい。

ところで、この学校の長途遠足。なんと、期間は一一泊一二日で行われた。行き先は千葉県銚子《ちょうし》方面。当時学校があった場所は、現在のＪＲ御茶ノ水駅からすぐの、湯島聖堂のところだった。そこを出発してから、往復六五里＝二六〇㎞の全行程を一二一名で歩きつづけたのだ。坊っちゃんが鎌倉まで、漱石が江ノ島まで歩いたのとはレベルが違う。

目的は、一二日間のうちの二日間を除いて、動植物の観察や実験、小学校の授業見学、寺社や河川などの歴史地理学習が中心だったようだ。これなら、徒歩旅行ということ以外では現代版の修学旅行と変わらない。大きな違いは、残りの二日間にある。この二日間は習志野《ならしの》に滞在した。ここには、陸軍の習志野練兵場があったからである。

そう、学生たちは、この地で猛烈な軍事訓練を「修学」したのだ。これを「発火演習」と呼んだ。内容は、行軍演習や森の中に潜む敵を攻撃する演習など、実弾なしの銃の撃ち合いを経験するもの。どうみても、「戦争ごっこ」ではない。本物の軍隊と違わぬ軍事演習だ。

これが「長途遠足」のメイン行事だったと言えるかもしれない。なぜなら、東京を出立するときから学生たちは銃器を持ち、背嚢を負った軍人の出で立ちだったからだ。そして、弾薬を運ぶ車夫までをも随行させるほど、この演習を重要視していたからだ。

こういった「長途遠足」は、その後、全国の師範学校でも「修学旅行」として実施されるようになっていった。だから、これを経験した学生たちが、今度は小学校や中学校の先生になって修学旅行を普及させていく。ということで、明治二〇年代までの修学旅行は、お勉強型の内容とともに、行軍のような軍事色の強い形態で広まっていったのだ。学校における先生の果たす役割も、当然いまとは違ったわけである。

『坊っちゃん』に登場する校長の狸は、東京高等師範学校の出身だと推測している。もしそうなら、狸校長は「長途遠足」の経験者なはずだ。明治一九年の初の「長途遠足」では、「足が痛い」との理由で離脱した生徒が二名いたらしい。狸校長が、この二名のうちの一人だったのか、少しばかり気がかりだ。

行き先ナンバーワンは……（明治時代篇）

明治時代の中学校の修学旅行では、鉄道を利用し始めていた。当時の鉄道会社はそのまま「日本鉄道会社」という。

では、日本鉄道会社の汽車に乗って出かけた方面は、いったいどこか？

やはり、鉄道網の整備の問題や汽車の速度の関係もあって、近県が多いようだ。西日本の例が分からないが、青森なら秋田へ、山形なら宮城へ、新潟・栃木・山梨あたりは東京へという感じだったようなのだ。

東京へ出てくると、精力的に動き回る見学コースが組まれていた。名所巡りだけではなく、帝国大学や陸軍士官学校や第一高等学校に寄っている。いまの「オープンキャンパス」への参加だ。

あるいは、地方にはない大病院や天文台、砲兵工廠（兵器工場で、現在の東京ドーム付近にあった）にも体験的に立ち寄った。これも現代風に言えば、「キャリア教育」の一環で行う「インターンシップ」だ。

先の新潟・栃木・山梨からの修学旅行生などは、なんと文部大臣に面会している例もある。その大臣とは、森有礼《ありのり》と榎本武揚《えのもとたけあき》である。日本史を習った人なら、「初代文部大臣と学校令の森」。「五稜郭戦争と樺太・千島交換条約の榎本」と、「セットで覚えろ」なんて言われたかと思う。幕末から明治に活躍する超有名政治家なのだ。

面会場面で、いったい何を話したのかを知りたい。訓話を受けたらしいことは分かったが、こんな大物の前では、無言の直立不動だったかもしれない。

いまの高校生が文部科学大臣に会ったら、どんな話題を持ちかけるのだろうか。「教室にエアコン付けてください」とか、「部活の予算をもっと増やしてください」のような要望ならまだいい。「うちのクラスの担任、代えてください」ときたら、先生はすぐに退出するしかない。

行き先ナンバーワンは……（平成時代篇）

二〇一四年（平成二六）の「日本修学旅行協会」の調査によると、全国の中学校・高等学校の「旅行先ベスト10」は次の表の通りだ。上位の行き先には、例年ほぼ変動がない。

中学校

順位	方面
1	京都
2	奈良
3	東京
4	千葉
5	大阪
6	沖縄
7	長崎
8	福岡
9	神奈川
10	広島

高等学校

順位	方面
1	沖縄
2	東京
3	京都
4	大阪
5	千葉
6	奈良
7	北海道
8	長崎
9	福岡
10	長野

（データブック2015「教育旅行年報」より）

中学校では、全国の半数近くの学校が「近畿（京都・奈良・大阪）」方面に向かう。他を圧してナンバーワンだ。第三位と第四位は、おそらくセットコースだろう。「東京」なら皇居・官庁街や浅草など。「千葉」なら、東京にはない東京ディズニーランド等を中心に訪れていると思われる。それでも、中学校の修学旅行は、依然として「近畿」がメインなのだ。もちろん、押しかけられる側の「近畿」地区の中学校は違う。「関東」や、「沖縄」か「九州」に行く。

高校ではどうか。「沖縄」がナンバーワンになっている。それに次いで「京都」と「東京」だ。だが、中学校と同じく「近畿」とすれば、他方面を圧する。だから高校の五〇％弱は、「沖縄」と「近畿」方面に行き先を設定しているのだ。

こうみると、現代の修学旅行も、名所旧跡を巡る歴史学習的なものが健在なのだ。明治三〇年代ころから綿々とつづく形態だ。ただし、その巡り方は圧倒的に班行動になっている。しかも「タクシー利用可」のような学校もある。軍隊のような集団での「行軍」とは全く違う。「少しは歩け！」と思ってはしまうが、平和な時代ゆえの開放感と自由がある、とつくづく感じる。

明治時代の修学旅行と比べて、特徴的なことを一つ。

中学校でも高等学校でもおおむね上位にランクされている「沖縄」や「長崎」、あるいは「広島」に向かう目的は何か。もう先刻ご承知だ。

これらの地は、平和学習の宝庫。もちろん、歴史名所も多く風光明媚な景勝地も多いが、ここには、改めて現代の学校教育の使命を考えさせるものがある。その使命とは、「教育の力によって、二度と戦争を起こさせない」だ。唯一の被爆国であることと、日本で唯一の地上戦が行われたこととの意味を考えさせる。そして、二度と戦争の惨禍を繰り返さない智恵を、教育の力で蓄えていくことだ。

戦争の記憶は、数々の戦跡を訪れ、その地に立つことでしか呼び起こせない時代になってきた。だからこそ、戦争体験を語ってくれる人たちも、その話を継承してくれる第二世代の人たちもいるその地を訪れる意味は大きい。その人たちからの問いかけを、そして、戦争とは何かの問いかけを、我が身のこととして受けとめる経験をしておく必要があるのだ。

教育の目的が、「平和で民主的な国家及び社会の形成者（教育基本法第一条）」の育成なら、二度と戦争を起こさないための経験をさせていくことも、現在の学校教育の使命の一つなのだ。

発火演習が大きな目的だった明治時代の「長途遠足」と、平和への願いを込めた現代の「修学旅行」との間には、学校や教師の果たす役割に決定的な違いがある。

いつまでつづくか修学旅行

現在の小学生から社会人まで、日本の学校教育を受けた人は、その大多数が修学旅行経験者だろう。もちろん、事情があって行けなかった人や、行かなかった人はいるはずだ。それでも、一五歳から八〇歳までの日本人人口が約一億人なら、その八〇％の経験率だとしても、スゴイ数に達する。こんな国がほかにあるのだろうか。もし、学校が設定してこなかったとしたら、どうなのだろうか。

ひとつは、こう思うのだ。修学旅行でなければ、どれだけの国民が旧都である「京都・奈良」を訪れただろう。どれだけの人が、「広島・長崎」で被爆体験に耳傾けただろう。あるいは、沖縄の「ガマ」の真っ暗闇を経験しただろうか、と。

もうひとつは、こんなことも考えるのだ。修学旅行がなかったとしたら、教師と生徒、生徒と生徒が同じ宿舎で寝る、同じ飯を食べる、同じ列車や飛行機に乗る。もっと言えば、同じ体験をする、同じ話を聴く、同じ空気を吸う、同じ写真に収まる。そんなことが他にあり得るのか、と。こういった経験や体験が、人間関係の親和性を高めたり、知識や経験の共通性を高めることは疑いようがない。

ただし、修学旅行の廃止論も、確かに聞こえてくる。

家族旅行が簡単にできる経済環境が整った日本で、学校が旅行を企画する意味はあるのか。生活が厳しい家庭環境をもつ生徒があるなかで、半ば強制的に高額旅行を学校が実施することに問題はないのか、等々。また、坊っちゃんのように、運動会は大好きだが、友達の家にさえお泊まりするのが大嫌いな人にとっては、修学旅行は真っ平御免とも感じるだろう。

それでも、と思うのだ。

それでも、日本の歴史の悠久さや伝統の重みを肌で実感することに、やはり価値はある。「過ちは繰返しませぬから」との言葉を、その場に立つ皆で噛みしめることは、何物にも代え難い平和への誓いになる。そして、何泊かの共同生活によって、対立も協力も、枕投げ（ちょっと古い？）も深夜の女子部屋への移動も経験しながら人間関係を築くことは、大人への階段を昇る第一歩でもある、と思うのだ。もちろん、先生に見つかって厳しく叱られることもまた、貴重な成長促進剤になるに違いない。

「学校の修学旅行」として百年以上もつづいてきた理由、そして、いまだに全国の中学校・高等学校での実施率が九〇%を大きく超える理由は、まさしくここにあるような気がする。

修学旅行も変わった！

古い人には懐かしい「修学旅行専用列車」の話。

「ひので号」は、関東地方から京都・大阪方面に向かった。「きぼう号」は反対に、関西地区から東京方面へ向かう修学旅行生のためだけの列車だった。明治以降の新首都と、江戸時代までの旧首都を結んで、東海道を走ったわけだ。「ひので」とともに「きぼう」をもって旅立った、と表現すれば何とも綺麗だ。物語性もある。

そのほかには、東北地区の人なら、上野までの「おもいで号」。九州地区の人なら、京都へ向けて「とびうめ号」に乗車したかもしれない。特に「とびうめ号」という名称。もちろん、菅原道真の愛した、かの梅の木伝説からとっている。京都から左遷された道真を追って、九州太宰府までロケットのように飛んだ「飛梅」の話だ。この名付け親は、相当なロマンティストに違いない。いや、きっと修学旅行はロマンティックだったのだ。

いまの修学旅行に使う鉄道は、「ひかり」「はやぶさ」「つばめ」などのスピード感を表現したものだ。実際、時速三〇〇㎞で走り、短時間で修学旅行生を運ぶ。そして現地で、たくさんの「体験学習」を実施しようというように変わったわけだ。農業も漁業も、ものづくりもスポーツも、さまざまな体験を行う。さらに、「民泊」などという形態もある。よそ様の家に泊めてもらい、家族体験をしようというわけだ。

昔はそんなことは自分でやっていた。かつての日常が現在の生徒には非日常だから、それを経験させる修学旅行に変わったのだろう。旅のロマンは消えた。

第五章

バッタ事件と宿直というお仕事

教師稼業も「楽じゃない」と思いながらも、少しばかり学校に慣れてきた坊っちゃん。その坊っちゃんに、教師生活初の経験が、また一つ回ってきた。「宿直」というお仕事だ。

学校には宿直があって、職員が代る代るこれをつとめる。但《ただ》し狸と赤シャツは例外である。何でこの両人が当然の義務を免かれるのかと聞いて見たら、奏任待遇だからという。面白くもない。月給は沢山とる、時間は少ない、それで宿直を逃がれるなんて不公平があるものか。勝手な規則をこしらえて、それが当り前だというような顔をしている。よくまああんなに図迂々々《ずうずう》しく出来るものだ。

(『坊っちゃん』四)

この宿直というお仕事、先生の職務のようだが、校長と教頭は免除されるという。これには、また坊っちゃんがキレた。でも、お役人（官吏）のなかでも高等官に位する「奏任官」は、タダの役人である「判任官」とは偉さが違う。それと同等の「待遇」を受ける校長たちには、やはり宿直は回ってこない。「判任官」待遇の坊っちゃんには、文句が言えないのだ。

議論は議論としてこの宿直がいよいよおれの番に廻って来た。（中略）小供の時から、友達のうちへ泊った事は殆《ほと》んどない位だ。友達のうちでさえ厭《いや》なら学校の宿直はなおさら厭だ。厭だけれども、これが四十円のうちへ籠《こも》っているなら仕方がない。我慢して勤めてやろう。

（同）

友だちの家さえイヤなのに、学校に泊まるなんてとんでもないと思う坊っちゃん。しかし、「月給四十円」を思い出すと、意外と素直に諦めた。宿直制度は、ご存じのように学校に泊まり込み、夜間に懐中電灯を持って巡回するような役割だ。学校に宿直の仕事が本格的に入ってきたのは、ちょうど漱石が教職に就いたころからである。ある理由があった。

この話をする前に、いよいよ『坊っちゃん』のなかでも、一度読んだら忘れない「バッタ事件」の始まりだ。もちろん、宿直と関係がある。坊っちゃんの当番の日、サボって温泉に行っている間に大量のバッタ（イナゴ）を蒲団に入れられる。バッタ対坊っちゃんの格闘が始まる。

早速起き上《あが》って、毛布《ケット》をぱっと後ろへ抛《ほう》ると、蒲団の中から、バッタが五、六十飛び出した。正体の知れない時は多少気味が悪るかったが、バッタと相場が極《き》まって見たら急に腹が立った。バッタのくせに人を驚ろかしやがって、どうするか見ろと、いきなり括《くく》り枕を取って、二、三度擲《たた》きつけたが、相手が小さ過ぎるから勢よく抛《な》げつける割に利目《ききめ》がない。仕方がないから、また布団の上へ坐《すわ》って、煤掃《すすはき》の時に蓙《ござ》を丸めて畳を叩くように、そこら近辺をむやみにたたいた。バッタが驚ろいた上に、枕の勢で飛び上がるものだから、おれの肩だの、頭だの鼻の先だのへくっ付いたり、ぶつかったりする。顔へ付いた奴は枕で叩く訳に行かないから、手で攫《つか》んで、一生懸命に擲きつける。忌々しい事に、いくら力を出しても、ぶつかる先が蚊帳《かや》だから、ふわりと動くだけで少しも手答《てごたえ》がない。バッタは擲きつけられたまま蚊帳へつらまっている。死にもどうもしない。漸くの事に三十分ばかりでバッタは退治た。（同）

どうにかバッタは退治した坊っちゃん。次は「吶喊事件《とっかんじけん》」という、さらなる試練がやってくる。「吶喊」というのは、「えいえい、おー！」みたいな大声を上げることだ。坊っちゃんは、バッタ事件の犯人探しで、寄宿生を問い詰めた。しかし、証拠はつかめないまま寝ることに。すると、真夜中の大騒音事件が勃発する。今度は、波状攻撃をかける生徒対坊っちゃんの格闘だ。

清の事を考えながら、のつそつしていると、突然おれの頭の上で、数でいったら三、四十人もあろうか、二階が落っこちるほどどん、どん、どんと拍子を取って床板を踏みならす音がした。すると足音に比例した大きな鬨《とき》の声が起った。おれは何事が持ち上がったのかと驚ろいて飛び起きた。（同）

ところが誰も見当たらない。「えっ、夢なの」と一瞬思った坊っちゃんだが、松山中学校の生徒さんの方が一枚上手だった。

廊下の真中で考え込んでいると、月のさしている向うのはずれで、一、二、三、わあと、三、四十人の声がかたまって響いたかと思う間もなく、前のように拍子を取って、一同が床板を踏み鳴らした。それ見ろ夢じゃないやっぱり事実だ。静かにしろ、夜なかだぞ、とこっちも負けん位な声を出して、廊下を向《むこう》へ馳けだした。おれの通る路は暗い、ただはずれに見える月あかりが目標《めじるし》だ。おれが馳け出して二間《けん》も来たかと思うと、廊下の真中で、堅い大きなものに向脛《むこうずね》をぶつけて、あ痛いが頭へひびく間《ま》に、身体《からだ》はすとんと前へ抛り出された。こん畜生《ちきしょう》と起き上がって見たが、馳けられない。気はせくが、足だけはいう事を利かない。じれったいから、一本足で飛んで来たら、もう足音も人声も静まり返って、森《しん》としている。

（同）

飛ぶ、跳ねる、走る。バッタや坊っちゃんのことではない。漱石の文章が、だ。もともと漱石の時代の文章は、「音読」が前提だった。だから、声に出して心地よい、跳ねるような文章が綴られるのだ。とはいえ、『坊っちゃん』全編を通しても、こんなに躍動感のある文章で描かれている部分は少ない。漱石自身も、絶対に楽しんで書いているのだろう。

それにしても、からかわれ振り回され、とぼけられ弄ばれる坊っちゃん。それでも果敢に立ち向かっていく坊っちゃん。いい先生になる資質の持ち主、とは思うのだが。

ところで、坊っちゃんは、何のために学校に一人で泊まっているのだろうか。

その一　宿直というお仕事の由来

「教育勅語」と「御真影」を知っていますか？

次の文のつづきをスラスラと口にできる人は、多くは戦前（もちろん第二次世界大戦以前）の学校教育を受けた方だろう。高校生、大学生はどうだろうか。

『朕惟《おも》フニ我カ皇祖皇宗《こうそこうそう》国ヲ肇《はじ》ムルコト宏遠ニ徳ヲ樹《た》ツルコト深厚ナリ……』

これが「教育勅語」、正式には「教育に関する勅語」の冒頭部分である。戦前の学校では、一言一句暗記させせられたはずだ。しかも、三一五文字という字数が、またちょうどいい。だから、スラスラと言える人がいる。

ここで「教育勅語」の内容について、論争するつもりはない。ただ、「忠孝」の道徳観を教育の基本にすえ、「一身を捧げて皇室国家の為につくせ」と、明治天皇が直接「臣民」に向かって発したものであることは、戦前の文部省の通釈上でも間違いない。憲法上「神聖」である明治天皇の「お言葉」として、である。

これが発布された明治二三年以降、各学校にて、この精神にもとづいた教育が展開されていく。宿直と関係して、ここで大切なことは、「教育勅語」は「神様」とされた明治天皇の、その個人の「お言葉」が書かれたものであるという事実だ。神様の私的な文書なのだから、もちろん文部大臣ごとき（失礼！）の印など押されていない。

もうひとつ、宿直に関わって、「御真影」がある。これをどう読みますか。「ごしんかげ」「ぎょしんけい」なんて大声で読んでいたら、戦時下なら逮捕だ。「おもかげ」はどうだ。なかなかロマンティックだ。だが、これも拘束だ。

「御真影＝ごしんえい」は、明治時代から昭和の敗戦を迎えるまでの間、宮内省から学校に下された天皇・皇后の写真のことだ。天皇が代われば、すなわち時代が明治から大正に、大正から昭和に代われば「御真影」も新しい写真に換えられた。

教科書などで、明治天皇の肖像をご覧になった人もあるだろう。ただ、多く「御真影」として使われたものは、写真ではない。イタリア人のキヨッソーネが描いた絵を写真化したものである。天皇を「御真影」という形にして、その威厳や権力を視覚化したわけだ。これを全国の学校に、「下賜《かし》」し（下され）始めたのである。明治一五年ごろかららしい。

当然、「御真影」は「神様の分身」としての意味があるのだから、「最も尊重に奉置すべし」と文部省訓令で学校に指示された。あとから出された、「神様のお言葉」である「教育勅語」もまた、当然のように同じ扱いを受けたわけだ。こんな大切なものだから、紛失や毀損がないようにと、預かった校長は日々祈っていただろうと思う。漱石のように、胃潰瘍に悩まされたかもしれない。それだけなら、まだいいが……。

この歴史的な話を知らずして、『坊っちゃん』のバッタ事件は語れない。

宿直員の任務

> 明治二七年五月七日
> 御真影奉護ノ為メ本日ヨリ宿直ヲ設ク、丁年以上ノ職員順次之レヲ担当ス

これは、『史料開智学校』(電算出版企画)にある記述の一部だ。「開智学校」と聞いたら、「歴史の教科書で見た」と思われるかもしれない。明治初期の長野県松本市に開校した、日本の小学校のなかでも最も古い学校だ。とてもステキな洋風建築で、これなら「学校へいきたい!」と思わせる効果がある。現在は、その建物が国の重要文化財に指定されている。

この部分を読むと、「御真影」こそが、宿直というお仕事と密接な関係をもっていたことが分かる。そして、「本日ヨリ」とあるから、この学校では、明治二七年の五月七日が宿直の開始年・開始日になることも分かる。その日の「宿直日誌」には、「天気曇天時々小雨降ル」とだけある。記述者は「設楽太郎作」である。以前から、日直や夜回り当番のような仕事はあったようだが、この学校における宿直第一号は、この先生だと考えていいのだろう。

『史料開智学校』には、「宿直規定」も掲載されている。そこには、「宿直員ノ任務」として、第一に「御真影及勅語謄本奉護」とある。宿直当番に当たった先生は、「天皇・皇后の写真と教育勅語謄本（コピー）の二点セットを、必死に守りなさい」との規定だ。つまり、夜間や休日に学校が火事や地震にあった際、ここの先生たちは命をかけてでも、「神様の分身」と「神様のお言葉」を守る役割を果たさねばならなくなったのだ。「奉護」との用語から、「御真影」及び「教育勅語」が、どんなに大切に扱われたかが伝わってくる。

こんな理由から、やがて、宿直というお仕事が全国の学校で義務づけられるようになった。おそらく、明治二三年の数年前くらいからだと考えられる。これが制度としては、昭和四〇年代までつづくことになる。坊っちゃんは、この制度があったために、学校にお泊まりすることになったのだ。そして、「バッタ・吶喊事件」に巻き込まれたのだ。

ただし、宿直中のバッタ襲撃くらいならまだいい。この長く続いた宿直制度のもとでは、多くの悲劇が先生たちを襲うことになった。

その二　宿直で殉職された先生たち

歴史的遺産「奉安殿」

私の家から、車で三〇分くらいのところに「国立療養所多磨全生園」がある。この施設は、ご存じの方も多いだろう。現在は完治する病気だが、かつて不治の伝染病と言われたハンセン病の患者は、国の強制隔離政策によって全国各地の療養所に入所していった。社会からの差別と偏見をうけて、強制的に「収容」されたと言っていい。

多磨全生園は、その療養所として明治四二年に現在地（東京都東村山市）に創立された。歴史的には古いものだ。現在も病棟や生活棟があり、療養所として機能している。

療養所内には、かつて学校があった。もちろん、患者の家族が通うために設立したものだ。戦前にはこの学校にも、当然「御真影」と「教育勅語」の二点セットは奉護されていたはずである。宿直制度もあっただろう。ただ、現在はその学校はない。しかし、いまだに「奉安殿」がある。

残っているのだ。奉安殿とは、「御真影」と「教育勅語」を「奉安」する（納め奉る）ための「殿」（建物）のことをいう。

敗戦後、「教育勅語」は国会の決議で効力を失った。だから、学校からも回収された。奉安殿も不要になり、多くは取り壊され、あるいは朽ちるままに放置されたらしい。だから、下の写真のように、こんなにも原形をとどめながら残る、多磨全生園の奉安殿は歴史的には貴重だ。

多磨全生園の奉安殿

この奉安殿の設置場所は、正門から入ってすぐの正面。これは、訪れる人すべてが最初に最敬礼するためだ。よく眺めると、造りが完全コンクリート製だ。建物本体はもちろん、階段も欄干も、周囲にめぐらされた柵もすべてだ。木製部分なんて、ひとつもない。正面から近づいて、さらによく見ると、扉は分厚そうな鉄製。立派な錠前が付いていて、「何者をも、この中へは入れるものか」と叫んでいるようだった。
なぜ、こんなにも完全武装しているのだろうか。

「三・一一」と「六・一五」

二〇一一年（平成二三）三月一一日。この日を覚えていない人は、いない。「東日本大震災」

と命名された、巨大地震と巨大津波による大災害。およそ一万九千人の命を奪った、史上まれにみる天災。あの映像を、あの叫びを忘れる人はいない。

ところが、あの大震災が、彼の地では何度もくり返されてきた事実は忘れてしまう。実際、明治以降だけでも三度目になる。それは、「明治三陸津波」（一八九六年）、「昭和三陸津波」（一九三三年）につづく「東日本大震災」だという意味である。

ここで話題にしたいのは、一八九六年（明治二九）六月一五日に襲った「明治三陸津波」のことだ。「東日本大震災」の一一五年前の「六・一五」の話になる。このとき漱石は二九歳。松山中学校の教師を退任して熊本にいた。坊っちゃんが一五歳。「ある私立の中学」に入学する前年のことで、東京にいた。だから、二人ともこの震災を知っていたはずなのだ。

記録では、地震の揺れは小さかったという。ところが、その後に襲った津波が遡上高（陸を駆け上って到達した高さ）三八・二メートルで、当時としては観測史上最高だったらしい。「東日本大震災」の津波は、この高さを越えてしまった。当時の死者・行方不明者は、北海道・青森県・岩手県・宮城県におよび、合計が約二万二千人で岩手県の人が圧倒的だったという。

当然、多くの学校も破壊されたり、流失したりした。

初の殉職者

岩手県大槌町《おおつちちょう》は、「東日本大震災」でも大きな被害を受けた町のひとつだ。「明治三陸津波」のときも、同じように巨大な津波がこの町にも押し寄せた。

当時、この地で教鞭をとっていた、栃内泰吉《とちないたいきち》という小学校の先生がいた。勤務していた箱崎尋常高等小学校には、津波が押し寄せる二年前に赴任。ただ一人の教師だったようだ。実は、この栃内先生こそが、「御真影奉護」のために命を落とした初の殉職者だとされているのだ。この小学校には、津波の三年前の明治二六年に「御真影」が下賜されていた。おそらく、学校内の職員室か奉安所とよばれるような場所に奉護されていただろう。

六月一五日の夜八時過ぎ、「海嘯《かいしょう》（津波）が来る！」との叫び声を聞いた栃内先生は、まず家族を門外に避難させた。そして、たった一人の教師として頭に浮かんだのが、「御真影」のことだった。

すぐに学校に向かった。安置してあった「御真影」を手に取ると、ひもで固く体に結びつけた。そのまま校外へ出た瞬間、黒山の津波が襲いかかり濁流の中に没した。浮きつ沈みつしながら、材木にも撲《う》たれ岩にも触れながら苦悶し、ついに人事不省に陥った。

翌日、気がついたときには海岸の砂の上に、瓦礫に埋もれながら倒れていた。その姿をみつけてくれたのは、知り合いの隣人だった。体は重傷を負い衰弱していた。だが「御真影」は、体に結ばれたままだ。隣人が「預かります」と声をかけたとき、「この御真影はお前たちに持たすべき品でない」と先生はこたえ、体から離さなかったという。

看護のかいなく、栃内先生は六月一七日に息を引き取った。記録に残るものとしては、「御真影」に殉じた初の先生ということになるだろう。

奉安殿建築のわけ

栃内先生の死は、世間の注目を浴びた。もちろん、「御真影」を命をかけて守った「美談」だからだ。

ただ、明治のこのころはまだ称賛一色でもなかった。「写真は焼き増しができるが、命は再製できないから、より尊ぶべきだ」などの新聞投稿もある。しかし、このあとゴウゴウたる非難の声がこの投稿に寄せられた。政府や文部省からではない。マスコミや社会からだ。こういった世の中の「御真影」に対する重たい雰囲気が、結果的には、その後の先生たちを「名誉の死」へと向かわせる呪縛になったとも言えるのではないか。

校長先生としての「名誉の死」の第一号は、長野県の小学校長久米由太郎《くめよしたろう》だとされる。小説家の久米正雄のお父さんだ。「御真影」焼失の責任をとって自ら死を選んだとされている。ただし、これには異論もある。

宿直の職員で殉職された第一号は、仙台第一中学校の大友元吉書記だ。火事で焼かれる夜の校舎から「御真影」を取り出そうとして焼死した、という。以下、関東大震災や太平洋戦争末期の空襲の時などなど、記録に残るだけでも、数十名の先生方が「御真影」や「教育勅語」の奉護に関わって命を落としている。実態がつかめない数字がまだあるだろうことは、容易に想像がつく。

ここまでの話は、岩本努さんの『「御真影」に殉じた教師たち』(大月書店)という本にもとづいている。足と頭を惜しみなく使って、時間をかけて書かれた貴重本だ。

こういった焼失・紛失などの教訓から、「御真影」や「教育勅語」を確実に奉護することが強く求められるようになった。奉安殿が多磨全生園と同様に、全国に建てられるようになった理由は、ここにある。そして、全面コンクリート製で、鉄扉付の「完全武装」を必要とした理由も、実にここにあったのだ。

その三　温泉に行く坊っちゃん

能天気な坊っちゃん

坊っちゃんが宿直をしたのは、明治三八年だった。だから、間違いなく「御真影」も「教育勅語」も松山中学校には届いている。というよりも、下賜されているから宿直制度があったわけだ。坊っちゃんに宿直の番が回ってきたのは、こういった背景があったのだ。

当然、先生である坊っちゃんは、多くの「名誉の死」についてもマスコミ（新聞）を通じて知っていたはずだ。奉安殿はまだないのかもしれないが、「奉護」を強調するような文書が中学校に届いていてもおかしくない。だが、さすが無鉄砲な坊っちゃんは、こう言う。

飯は食ったが、まだ日が暮れないから寝る訳に行かない。ちょっと温泉に行きたくなった。宿直をして、外へ出るのはいい事だか、悪るい事だかしらないが、こうつくねんとして重禁錮同様な憂目に逢うのは我慢の出来るもんじゃない。始めて学校へ来た時当直の人はと聞いたら、ちょっと用達《ようたし》に出たと小使が答えたのを妙だと思ったが、自分に番が廻って見ると思い当る。出る方が正しいのだ。おれは小使にちょっと出てくるといったら、何か御用ですかと聞くから、用じゃない、温泉へ這入るんだと答えて、さっさと出掛けた。

（『坊っちゃん』四）

この気楽さ、いや能天気さに、なぜかホッとする。ちょっと用達に「出る方が正しい」とまでおっしゃる。だから、坊っちゃんは愛される。そして、だからバッタを蒲団に入れられる。宿直時に、命を捨ててまで守ろうとする先生がいる一方で、温泉へ行ってしまう坊っちゃんがいる。もちろん、道後温泉だ。火事があったらどうするんだ。南海地震が来たらどうするんだ。そんなことは考えてもみずに、宿直をサボる坊っちゃん。職務怠慢、宿直規定違反、「御真影・教育勅語」奉護義務違反と、反則の山盛りだ。何よりも、「不敬」と言われても文句が言えない。

坊っちゃんの真っ直ぐさは曲げられない

ただ、もう一度『坊っちゃん』全編を眺めて、気がついた。この「能天気さ」こそが、坊っちゃんの「真っ直ぐな性格」を反映した行動だ、ということにだ。しかも、この「真っ直ぐな性格」の「真っ直ぐさ」は、「教育勅語」ごとき（失礼！）の力では曲げられなかったのだ。

坊っちゃんの数々の行動と、「教育勅語」に盛られた道徳律とを比べてみれば分かる。「教育勅語」が求める主な徳目とは、「親孝行、兄弟姉妹の愛、夫婦の和、朋友の信」、あるいは「謙遜、博愛、公益、義勇」などなどだ。

どうだろう、坊っちゃんの生き方の、いったいどこに「教育勅語」の説く道徳が生かされているのだろう。坊っちゃんは、小学校から「教育勅語」による教育を受けてきた世代である。その影響力は確実に及んでいていいはずだ。ところが、どうだ。父、母、兄、友との悪しき関係。清を除けば、広く人に愛を注ぐこともない。私利私欲はないが、公益のためでもない。勇ましくはあるが、気ままにも振る舞う。自分が「正しい」と信じたら、それは「真っ直ぐ」に実行されるべきもの。それが、坊っちゃんの生き方であり、行動原理なのだ。

したがって、先生になっても変わらないし、「御真影」や「教育勅語」奉護義務があるはずの宿直というお仕事が回ってきても、坊っちゃんにとっては、温泉に入るという用達に「**出る方が正しい**」というわけだ。実に、分かりやすい。

漱石の真意

漱石は、宿直場面の坊っちゃんを、なぜこのように描いたのだろうか。

漱石は、明治という時代、あるいは明治天皇という存在に特別な「情」を持っていた。これはよく知られている。ただ、日清・日露戦争を通じて変わりゆく日本や皇室を、冷徹に見つめる目を持っていたことも確かだ。

次の、明治四五年六月一〇日付の漱石の日記にある、その記述が興味深い。

「皇室は神の集合にあらず。近づき易く親しみ易くして我等の同情に訴えて敬愛の念を得らるべし。夫が一番堅固なる方法也。夫が一番長持のする方法也。政府及び宮内官吏の遣口《やりくち》もし当を失すれば皇室は愈《いよいよ》重かるべし而して同時に愈臣民のハートより離れ去るべし」

皇室は、国民が近づきがたい神様たちではない。国民に親しみを持たれてこそ、その存在は長続きするものだ。政府や宮内官僚のやり方しだいでは、国民の心が離れてしまうぞ、とその在り方を説く。漱石の持つ皇室への敬愛の念とは別次元での、この距離感は何とも言えない。

漱石の目には、「御真影」や「教育勅語」の奉護に関わって、次々と命を落としていく学校の先生の姿は、どのように映っていたのだろう。それを「美談」と讃える世の中をどう見ただろう。「写真よりも命の方が大切だ」との意見に対して、こぞって非難する新聞の論調や普通の人々の声を、どう聞いていたのだろうか。

もしかしたら、漱石は坊っちゃんに、「わざと」宿直をサボらせたのかもしれない。社会がドッと一つの方向に流れていく風潮。誰かの決めた道徳だけで規格化された人間を育てようとする教育。「近づき易く親しみ易く」あるべき「お写真」や「お言葉」のために、命さえ落としてしまう現実。こんな世の中に対し、漱石一流のユーモアをもって、「これって違うんじゃない」と表現したのでは、と思えてしまうのだ。そう思うと、坊っちゃんからの、こんな声が聞こえてきた。

「だって所詮、お写真は一枚の紙切れ。本当に守るべきは、人の命。だから、宿直よりも命の洗濯。さあ行くぞ、道後温泉！」

「夜の語り場」はどこに

宿直というお仕事は、昭和四〇年代後半には学校からなくなった。教師の負担の重さ、そしてその存在意義から考えても、宿直制度の廃止そのものは当然の施策である。

ただ、私の若いころに先輩教師たちが語っていた宿直にまつわる話題が、いまだに耳に残っている。たとえば、こんな話だ。

「宿直の日には、気の合う男性教員同士が集まってきて、一杯やりながら朝まで教育談義をやったこともあった。呑むとみんな熱いのだ。」

昼間の職員室とは違う、「熱い」談義ができる宿直室という場があったのだ。羨ましい話だなあ、と思いながら聞いた記憶がある。宿直室が媒体となって、教師と教師をつないでもいたのだ。本文で触れた『史料開智学校』の「宿直日誌」にも、入れ替わり立ち替わり先生が宿直室を訪れていたことが記されていた。教師間の交流があったのだろう。

近年の学校の職員室の光景。それは、各教師に一台ずつ渡されたパソコン画面との対話風景だ。食い入るように画面の文字を追う先生。その目には、隣席で同じように格闘している同僚の姿は見えていないのかもしれない。だから、今の職員室は静かだ。教職員の「協働体制を築こう」の合い言葉も空文化しそうな光景に見える。こうした光景を目の当たりにすると、宿直室のような場所が、いまこそ必要になっていると思ってしまう。「個」になりつつある先生同士をつなぐ、貴重な場がなくなっているような気がするのだ。

いまの世で、宿直室に代わる「夜の語り場」は、どこだ。

第六章

学士様赤シャツはスゴイ

『坊っちゃん』のなかでは、登場回数の多いのが教頭の赤シャツだ。坊っちゃんとの最初の出会いは、中学校に赴任した初日。職員室（本文では「教員控所《ひかえじょ》」）で各先生に挨拶をした。そのときの赤シャツへの第一印象が、こう語られる。

挨拶をしたうちに教頭のなにがしというのがいた。これは文学士だそうだ。文学士といえば大学の卒業生だからえらい人なんだろう。妙に女のような優しい声を出す人だった。尤《もっと》も驚いたのはこの暑いのにフランネルの襯衣《シャツ》を着ている。いくらか薄い地《じ》には相違なくっても暑いには極ってる。文学士だけに御苦労千万な服装《なり》をしたもんだ。しかもそれが赤シャツだから人を馬鹿にしている。あとから聞いたらこの男は年が年中赤シャツを着るんだそうだ。

妙な病気があった者だ。当人の説明では赤は身体《からだ》に薬になるから、衛生のためにわざわざ誂《あつ》らえるんだそうだが、入らざる心配だ。そんならついでに着物も袴も赤にすればいい。

（『坊っちゃん』二）

赤シャツは、「文学士」なのだ。ここでも、坊っちゃんの価値観は明瞭で、「文学士」である大学卒業生は「えらい人」だと言う。いまどきの大学卒業生なんて、いくらでもいる。当時の偉い「文学士」って、そんなに価値のあるものだったのだろうか。

それにしても、フランネル（起毛した素材で保温性を高める。いわゆるネル）の赤いシャツ着用とはキザだ。それも、赤は体にいいとは聞いたことがない。いや、そうでもないか。「朝専用」という缶コーヒーは、真っ赤な缶デザインだ。心理学的には体を興奮させ、覚醒させる効果があるのかもしれない。やはり、体にいいのか。

バッタ・吶喊《とっかん》事件のあと、坊っちゃんは赤シャツと野だいこ（名前は吉川。坊っちゃんは「野だ」と呼んでいる）から釣りに誘われた。何やら、策士赤シャツに魂胆があるようだ。ここで坊っちゃんは、学士様赤シャツの「えらさ」をみせつけられる。釣船のなかでの様子を描いたものだが、いくつかを拾ってみよう。

赤シャツは、しきりに眺望していい景色だといってる。（中略）「あの松を見給え、幹が真直《まっすぐ》で、上が傘のように開いてターナーの画《え》にありそうだね」と赤シャツが野だにいう

（『坊っちゃん』五）

島に立つ松の風景を見て、イギリスの風景画家ターナーを持ち出した。現在の松山にも、このモデルとなった四十島《しじゅうしま》という小さな島がある。いまや、地元の人たちも「ターナー島」と呼んでいる。

一番槍《やり》は御手柄だがゴルキじゃ、と野だがまた生意気をいうと、ゴルキというと露西亜《ロシア》の文学者見たような名だねと赤シャツが洒落《しゃれ》た。

（同）

坊っちゃんの釣った魚がゴルキ（ベラ科の魚）であったことから、あの『どん底』を書いたロシアの作家ゴーリキーに引っかけてみせた。早口で「ゴルキ」と言えば、たしかに「ゴーリキー」には聞こえる。

赤シャツは時々『帝国文学』とかいう真赤な雑誌を学校へ持って来てありがたそうに読んで

いる。山嵐に聞いて見たら、赤シャツの片仮名はみんなあの雑誌から出るんだそうだ。（同）

さらに、『帝国文学』から、よく横文字を引用するようだ。『帝国文学』は、赤シャツが卒業した、東京帝国大学の帝国文学会が発行した学術雑誌の名だ。書名からして、難しそうだ。当時、ターナー、ゴーリキー、『帝国文学』の名前を知っている人が、日本にどれだけいたというのだろうか。赤シャツさん、かなりの教養人かもしれない。

赤シャツに関しては、もうひとつ検討すべきことがある。

『坊っちゃん』の最終盤、坊っちゃんと山嵐は、赤シャツと野だいこに天誅《てんちゅう》を加える。マドンナをめぐるあくどい策略。邪魔な山嵐の追放作戦。そのための坊っちゃんの利用や、うらなり君の左遷など。すべてが赤シャツの企てだと、坊っちゃんたちは断定する。だから、天誅だ。赤シャツと野だいこが芸者との逢い引きをした、と考えたその帰路を襲う。これまでの恨みつらみを晴らさんと、坊っちゃんも山嵐も二人の悪役をボコボコにする。こんな風にだ。

「だまれ」と山嵐は拳骨《げんこつ》を食《く》わした。赤シャツはよろよろしたが「これは乱暴だ、狼藉である。理非を弁じないで腕力に訴えるのは無法だ」

「無法で沢山だ」とまたぽかりと撲《な》ぐる。「貴様のような奸物《かんぶつ》はなぐらなくっちゃ、答えないんだ」とぽかぽかなぐる。おれも同時に野だを散々に擲き据えた。しまいには二人とも杉の根方《ねがた》にうずくまって動けないのか、眼がちらちらするのか逃げようともしない。

「もう沢山か、沢山でなけりゃ、まだ撲ってやる」とぽかんぽかんと両人《ふたり》でなぐったら「もう沢山だ」といった。野だに「貴様も沢山か」と聞いたら「無論沢山だ」と答えた。

「貴様らは奸物だから、こうやって天誅を加えるんだ。これに懲《こ》りて以来つつしむがいい。いくら言葉巧《だく》みに弁解が立っても正義は許さんぞ」と山嵐がいったら両人ともだまっていた。ことによると口をきくのが退儀なのかも知れない。

（『坊っちゃん』十一）

読者も、赤シャツは「悪人」だと信じているから、この天誅場面に喝采を送る。なにか、スカッとするわけだ。これは、明治時代の読者もいっしょだっただろう。しかし、ここで、しばし考えた。

「正義」を主張する山嵐と坊っちゃんに、本当に正義があるのか。これまでの「企て」は本当に赤シャツの仕業なのか。赤シャツはボコボコにされるべき「奸物＝悪人」なのか、と。

その一　冤罪？「赤シャツ犯人説」

マキノノゾミ作『赤シャツ』

舞台演出家にして脚本家、そして俳優もこなすマキノノゾミさん。そのマキノさんには、『赤シャツ』という作品もある。劇団青年座が各地で公演していたらしい。この脚本が、なかなかユニークだ。この作品の主人公赤シャツは、悪人にあらず。『坊っちゃん』のなかの赤シャツを犯人とする「事件」は、坊っちゃんが勝手に誤解したのだ、とのコンセプトで成り立っている脚本なのだ。

たとえば、マドンナの件。あれはマドンナが心変わりして、うらなり君から離れたのであって、赤シャツは、マドンナの強引さに迷惑していた。実は、赤シャツには思いを寄せる別の女性がいた。また、バッタ事件も、山嵐退職の原因となった生徒の喧嘩事件も、仕掛けたのは赤シャツの弟だった。不出来な弟は、優秀な兄へのコンプレックスがあり、何かと赤シャツを困らせようとする。その度重なる後始末に奔走し、責任を感じて自ら辞職しようとしたのは、実は赤シャツだった。

まだある。赤シャツは坊っちゃんと同様、うらなり君を心から敬い、野だいこを心から嫌っていた。だから、実は坊っちゃんも山嵐も大好きだったのだ。赤シャツの劇中の語りを抜粋する。

「近頃の僕はどういうわけか、ああいう無鉄砲でおのれの利害に無頓着な人物に憧れるんだなあ。」「いずれそのうち、彼等とは真の友情を結びたいなあ。」

「……五十年先、百年先にこの国は、僕や吉川君やマドンナやその新しいお相手のような、そんな人間ばかりが闊歩する国になるだろう。誰もが自分の損得の勘定ばかりを考えているような、そんな国になるのだろう。」「……僕はご免だ。……真っ平だ。」


（マキノノゾミ『赤シャツ／殿様と私』而立書房）


この『赤シャツ』という作品には、坊っちゃんが登場しない。したがって、主人公である赤シャツが、その立場からことの顛末《てんまつ》を語っている。『坊っちゃん』が、坊っちゃんの主観で語られているのとは対照的だ。だから、『坊っちゃん』のなかのさまざまな出来事への解釈が、坊っちゃんとは異なってくるわけだ。ということで、坊っちゃんと山嵐の最大の敵役であり悪役でもある赤シャツに、マキノさんは「罪なし」としたのだ。

私も、少しばかり、この説に同調してみようかと思う。

証拠はないのだ

『坊っちゃん』を正確に読む。読めば読むほど、坊っちゃんが主張する「赤シャツの策略説」には根拠がないのでは、と思える。どうも、確たる証拠はないようなのだ。というよりも、赤シャツの関わったとする「企て」は、実は存在しなかったのではないだろうか。

ひとつひとつ検証してみよう。

①バッタ事件山嵐扇動説

釣船の中で、坊っちゃんは赤シャツと野だいこの会話を耳にする。聞こえてきたのは、宿直当夜のバッタ事件や、生徒にからかわれた団子二皿事件や、天麩羅蕎麦四杯事件の話のようだ。これを聞いた坊っちゃんは、一連の事件を扇動したのが山嵐だと思い込む。その後、これが赤シャツによる「山嵐・坊っちゃん分断作戦」だとも思い込む。だが、実際に坊っちゃんに聞こえていたのは、次のこれだけだ。

「え？　どうだか……」「……全くです……知らないんですから……罪ですね」「まさか……」「バッタを……本当ですよ」（中略）

「また例の堀田《ほった》が……」「そうかも知れない……」「天麩羅……ハハハハハ」「……煽動して……」「団子も？」

（『坊っちゃん』五）

耳に届いた声というのは、この程度のものなのだ。坊っちゃん自身も、「笑い声の間に何かいうが途切れ途切れで頓と要領を得ない」と言っている。

②マドンナ略奪説

赤シャツが、うらなり君（古賀）からマドンナを奪ったという経緯は、坊っちゃんの下宿先の婆さんから聞いた話だ。しかし、この萩野の婆さんの話は、どうみても噂話の域を出ない。そして、坊っちゃんと婆さんのやり取りの締めくくりは、こうだ。

「赤シャツと山嵐たあ、どっちがいい人ですかね」（中略）

「そりゃ強い事は堀田さんの方が強そうじゃけれど、しかし赤シャツさんは学士さんじゃけれ、働らきはある方《かた》ぞな、もし。それから優しい事も赤シャツさんの方が優しいが、生徒の評判は堀田さんの方がええというぞなもし」

「つまりどっちがいいんですかね」

「つまり月給の多い方が豪《えら》いのじゃろうがなもし」

（『坊っちゃん』七）

収入の多い人＝いい人論は、実におもしろい。だが、所詮この程度の情報だ。

③うらなり君延岡《のべおか》左遷説

うらなり君は給料アップの条件で、宮崎県延岡の学校へ転勤となる。それも、マドンナを奪うための赤シャツの策略だとする。ただ、転勤の本来の理由は、これなのだ。

「あそこも御父さんが御亡くなりてから、あたしたちが思うほど暮し向《むき》が豊かにのうて御困りじゃけれ、御母さんが校長さんに御頼みて、もう四年も勤めているものじゃけれ、どうぞ毎月頂くものを、今少しふやして御くれんかてて、あなた」（『坊っちゃん』八）

給料の増額要求をしたのは、うらなり君の母親。その希望を入れて、五円増額される転勤を実現させたのだ。裏がありそうで、怪しい臭いはするが、これは校長による人事だ。しかも、これも萩野の婆さんの話だ。

④芸者との不道徳な関係説

日ごろは「教育的精神」を説く赤シャツが、夜な夜な芸者との逢瀬を重ねていると疑う。これは山嵐情報だ。そして、その瞬間をとらえた、と思った。まるで写真週刊誌ネタだ。会話を抜粋する。

山　嵐「教頭の職をもってるものが何で角屋《かどや》へ行って泊った」

赤シャツ「教頭は角屋へ泊って悪るいという規則がありますか」

山　嵐「取締上不都合だから、蕎麦屋や団子屋へさえ這入って行かんと、いう位謹直な人が、なぜ芸者と一所に宿屋へとまり込んだ」

赤シャツ「芸者を連れて僕が宿屋へ泊ったという証拠がありますか」

山　嵐「宵に貴様のなじみの芸者が角屋へ這入ったのを見ていう事だ。胡魔化せるものか」

赤シャツ「胡魔化す必要はない。僕は吉川君と二人で泊ったのである。芸者が宵に這入ろうが、這入るまいが、僕の知った事ではない」

山　嵐「だまれ」と山嵐は拳骨を食《くら》わした。

（『坊っちゃん』十一）

このやり取りは、「話せば分かる」に対する「問答無用」に似ている。どうみても、一方的な思い込みによる言葉と腕力による暴力だ。ちょっと、赤シャツの肩を持ち過ぎかもしれない。しかし、確たる証拠もない私的な関係を糾弾される理由はないだろう。

危険な思い込み「確証バイアス」

先生でも、どうしても苦手だという生徒に出会うこともある。どう言葉を尽くしても、話を分かろうとしてくれない、と思う生徒。あるいは、なぜか距離を縮められない、相性の悪さみたいなものを感じてしまう生徒。こういった生徒と小さなトラブルでもあれば、知らず知らずのうちに緊張関係になってしまう。場合によっては、「嫌なやつ」とも思い込んでしまうのだ。

そうすると、何があっても、その生徒のいい面は見えてこない。同僚からの、その生徒に対する「悪しき情報」ばかりが、やけに耳に残る。自分の思い込みを補強しているからだ。

「確証バイアス」という、よく心理学のテキストなどで目にする用語がある。どうも心理学というのは、日本語と横文字をくっつけて並べた単語を使い、分かりにくさを助長しているような気がする。「確証バイアス」とは、簡単に言うと、こんな意味だ。

人というのは、自分の確信していることを証明してくれる情報（確証）には、思いっきり飛びつくものだ。そして、「そうだ、そうだ」と自信を深める。その分、否定的な情報（反証）には目もくれない。探す努力さえもしなくなる。そうすることで、自分の確信を、もっと確かなものにしようとしているわけだ。この「偏った」心理（バイアス）を、「確証バイアス」というのだ。

思い返せば、自分にも思い当たることがたくさんある。

こんな例も、この心理のひとつかもしれない。血液型占いを信じ込むこと、だ。

「A型って、真面目で細かすぎ!」という思い込みがあると、A型で真面目な人に出会ったとき、「ほらね、やっぱり血液型って性格と関係あるでしょ」と自信を深める。でも、細かくないA型の人に出会うと、「ふ〜ん、珍しいんじゃない」と言って関心を示さない。ときに無視したりもする。そしてまた、真面目で細かいA型の人を探し出しては、確信が揺るがないようにする。こうして、A型の人なら、誰でも真面目で細かい人にしか見えなくなってしまうのだ。そんなはずはないのに、である。

先の「嫌なやつ」との思い込みも、同じ構造なのだろう。「嫌なやつ」と思うために都合のよい情報ばかりを選んでしまう。結果、その生徒の違った面が見えてこないという仕組みだ。

こういう認知をしていると、人への理解を誤ってしまうはずだ。自分の思い込んだ面からしかその人を見ないのだから、その人の違った一面は見えてこない。別の人が見たら、あるいは別角度から見たら評価されるべき良さも、きっと見逃してしまう。先生といった類の職業の人、会社で上司と呼ばれる立場にいる人、あるいは政治家などにとって、最も危険な思い込みになりかねない。

では、どうする?

ひどく当たり前のことを言えば、二つの「自覚」が必要だ。一つは、「自分には『確証バイアス』がかかっている」という自覚を持つこと。もう一つは、「相容れない立場からの意見や声にも耳を傾けよう」と自覚することである。「自分の外に客観的な自分を持つ」こと、これだろう。心理学用語を使えば、「メタ認知」だ。

ただし、これがなかなか難しい。自戒、自戒。

坊っちゃんの思い込み

坊っちゃんの赤シャツに対する思い込みは、典型的な「確証バイアス」例だ。初めて職員室で出会った、そのときの第一印象。それは、「文学士」で「妙な優しい声」で「人を馬鹿にしている」赤シャツを着た赤シャツだ。その強烈な悪印象から始まる。

以降は、釣船での内緒話や教養のひけらかし、職員会議での反坊っちゃん的発言、マドンナ略奪の噂話、師範学校と中学校との抗争事件に対する黒幕説などなど。赤シャツに対する悪しき思い込みを強化する出来事、そのオンパレードだった。ただし、坊っちゃんは、これら一連の出来事を自力で検証はしていない。その思い込みを確認できる証拠探しも、反証となる情報も得ようとはしていない。「赤シャツは悪人」と確信したまま、天誅事件へと突入してしまったのだ。

坊っちゃんには、清のほめる「真っ直ぐな御気性」がある。これが痛快で爽快だから、『坊っちゃん』は読み継がれる。しかし、あまりにも物事を単純化しすぎて、正確な理解を妨げているような気がする。悪か善か、白か黒かの単純化は分かりやすい。でも、思考停止して本質をとらえ損ねることもある。これが教師や政治家なら、危うい。

赤シャツは、「そんな単純な生き方じゃ、世の中渡っていけないよ、お坊ちゃま!」と妙な優しい声で囁いてくれていたのかもしれない。しかし、真っ直ぐに生きようとする坊っちゃんは、そういった不都合な声には耳を貸さないのだった。自分の「正義」を疑わないのだ。

漱石も、明治後半の時代を「複雑な時代」と語っている。赤シャツは、日本がそういう時代を迎えていることを、その広い教養と深い見識で理解していたのだ、きっと。だから、もう単純な精神構造では生きにくくなってきた時代だと、そのあり方で説こうとしていたのだ、きっと。それが、学士である者の社会的責任であるかのように。

学士様赤シャツは、やはりスゴイ人だったのかもしれないのだ。赤シャツが裏で関わっていたとされていた数々の事件、それらの犯人は本当に赤シャツなのだろうか。実は冤罪だったのではないだろうか。

こんな風に赤シャツを見てしまうのは、私にも「確証バイアス」がかかっているに違いない。

というように、自分を見直せればいいんですよね。

その二　学士という「学位」

学士が称号だった時代

赤シャツは、「学士様」だった。学士とは、坊っちゃんが「文学士といえば大学の卒業生」と言ったとおり、現在は、大学を卒業するともらえる「学位」である。では、学位とは何だ。文部科学省は、こんな風に説明している。

①学術の中心である大学が与えるもの
②一定水準の教育を受け、知識・能力を持つと認められる者に与えられるもの
③授与された学位は国際的にも通用するもの

（文部科学省パンフレット「新しい学位制度　短期大学士がスタートします」より）

簡単に言えば、「一定水準の知識や能力を持つようになった人」に、大学が与えるもの。しか

も、それは「国際社会からも認められますよ」というもの、だと言えそうだ。その「学位」のなかに、博士とか修士があり、学士もその一つというわけだ。だから、赤シャツや漱石は、もちろん学士という「学位」の持ち主のはずだ。いつの時代でも、大学の学部卒業生なら、全員が学士という「学位」の持ち主のはずだ、と考える。

ところが、そうではないのだ。実は、赤シャツも漱石も、そして、平成三年（一九九一）までに大学を卒業した人たちは、学士という「学位」は得ていないのだ。学士ではあっても、それは「学位」ではなかったのである。私もその中の一人になる。

何を言っているんだ、と言われそうだが、明治の初めから、この平成三年までの約一〇〇年間は、学士は「称号」だったのである。もっと平たく言えば、「大学を卒業したので、どうぞ、学士と称してください。でもそれは、専門的な知識の証明書である学位ではありません」というわけなのである。「称号」とは、そういう意味だ。

どうでもいいじゃないか、と叱られそうだ。ところが、そうでもなさそうなのだ。「学位」なのか「称号」なのかの、誰にとってもどうでもよさそうなことが、現代社会に与えた影響は大きかったかもしれないのだ。近代日本の社会構造の形成に、深く関わってきたかもしれないのだ。

いる。

学士が「学位」でなかったことの意味

では、「学位」と「称号」の違いは何か。文部科学省は、「称号」の意味をこんな風に解説している。

「称号」は、特定の学校を卒業したことについて本人が称することができるもので、公に一定の価値・栄誉がありますが、国際的には、どのような知識・能力を持つか理解され難いことがあります。（同）

「学位」は、ある学問への一定水準の知識や能力を持つ証明だし、国際的にも通用すると説明していた。これに対して「称号」は、「特定の学校を卒業したことを自分では言えるよ。でも、国際的な証明書にはなりがたいですよ」と言っているわけだ。

結局のところ、「称号」であったということは、その人の「出身大学名」が分かるだけで、その専門性（知識や能力）に国際的な通用性はないということなのだ。

もう少し具体的に考えよう。学士が「学位」であったなら、「T大学もW大学も、卒業すれば同じ力を持ってます」と、海外でも言えた。しかし、「称号」では、「T大学は優秀な卒業生を輩出する。W大学はどうもできの悪い卒業生だ」というように、卒業証書を発給するのが、どこの大学なのかが問われることになる。つまり、「どんな学位」を持っているかではなく、「どこの大学」を出たかが関心事になってしまっていたのだ。しかも、一〇〇年もの間。

このことが、日本における「学歴」を「学校歴」にさせてしまった理由だと、『学歴の社会史―教育と日本の近代』(平凡社ライブラリー)で天野郁夫氏は指摘している。

「学位」という普遍的な証明書でなかった一〇〇年間が、知識や能力の「一定水準保障大学」と、「まあまあ保障大学」と、「卒業しただけ大学」との格差を生み出した。当然、多くの人は「めざすは、T大学!」となり、受験競争は激化した。それを勝ち抜いた、ある「学校歴」を持つ人が社会的な評価を受ける。ますます、「どこの大学」という大学名が、就職や将来に関係するようになる。これが、かつては国立(官立)と私立との間に、現在では更に私立と私立の間にも格差を生んでいった。大学卒業という「学歴」ではなく、いわゆる有名大学(銘柄大学と呼ぶ人も)の卒業という「学校歴」が、大きな意味を持つ社会になっていったのだ。赤シャツも漱石も、この社会の中で「帝国大学卒」の「学校歴」を持って生きていたのである。

なるほど、これが、「近代日本の社会構造の形成」なんていう大袈裟な話とつながるわけだ。明治時代からの一〇〇年は、長すぎた。

ただし、現在の学校教育法では、平成三年以前の「称号」も「学位」とみなすとされている。そして、何も困らない。そもそも、「学歴」や「学校歴」なんて、いくらでも乗り越えられる。

その三　学士様になるまでの長い長い道のり

鷗外が一九歳、漱石が二六歳

森鷗外の『舞姫』のなかに、「十九の歳には学士の称を受けて、大学の立ちてよりその頃までにまたなき名誉なりと人にも言はれ、某《なにがし》省に出仕して、故郷なる母を都に呼び迎へ、楽しき年を送ること三とせばかり」（傍点筆者）と書かれてある。

鷗外は明治一四年、この主人公と同じように、一九歳で第一学区医学校（現東京大学医学部）を最年少で卒業した。「学士の称を受けて」の表現は正確だし、この年齢で卒業したことは「名誉なり」どころか、驚異的なのだ。

いっぽう、天才の誉れ高い漱石が、帝国大学文科大学（文学部のこと）を卒業した年齢は、二六歳と五ヶ月だ。現代の感覚では、学部の卒業年齢が二六歳と聞けば、「何浪してんの?」と言われかねない。しかしこの年齢でも、当時の卒業生の中では「若い」くらいなのだ。

では赤シャツは、実際、いったい何歳で「文学士」になれたのだろうか。これは、いくら

『坊っちゃん』を読んでも分からない。

学士様の年齢と人生

『日本帝国文部省年報』（第六　明治三三―三四　文部省）というデータ本で、明治三三年の「東京帝国大学入学者平均年齢」が分かった。専攻ごとに、こうなっている。

医学　二五歳二か月　文学　二四歳八か月　農学　二四歳一か月
法学　二四歳　工学　二三歳一一か月　理学　二二歳六か月

これは「入学年齢」だ。もちろんこのあと、三年ないしは四年の専門課程がある。だから、卒業年齢が二七～二八歳になっても、何もおかしくない。そう考えれば、漱石の卒業年齢は「若い」くらいなのだ。鷗外が、やはり驚異的なのもお分かりだろう。

当時は現在とは違って、「かなりのおじさん」として大学を巣立っていくわけである。でも、二〇代で社会に出るなら現代と同じだし、別段問題ないじゃないか、とは思ってしまう。

ところが、だ。当時、明治三一～三六年の平均寿命はこれなのだ（厚生労働省「第20回生命表」より）。

男性四三・九七歳　　　女性四四・八五歳

不謹慎だが、二八歳で学士になっても、一五年もすれば平均寿命に到達してしまうのだ。漱石も、四九歳で亡くなっている。

現在の平均寿命（男性で八〇歳くらい）から考えれば、明治のこの時代の帝国大学進学者は、人生の大半を学校の中で過ごしたことになる。そして、激化してきた旧制中学・高等学校の受験競争を乗り越えて、帝国大学を修了する。これで、もう三〇歳も間近だ。勉強と試験を繰り返し、学問を修得してきたその過程は、長い長い道のりだったはずだ。周囲の期待も、いまとは比ぶべくもない。本人のプライドも高い。学費も高いのに、この間は「マイナス所得者」だから無収入だ。彼らは、学園生活を享受するどころか、挫折や悲嘆を繰り返しながら、狭くて長くて曲がりくねった道を歩んできたことだろう。

当時の学士とは、学力だけでなく、体力も精神力も、そして経済力にも恵まれなければ手に入らない、スーパーエリートだけに与えられた特権的資格だったのだ。いや、称号だったのだ。

坊っちゃんは赤シャツを、「**文学士といえば大学の卒業生だからえらい人**」と評した。実に、その通りだったのである。当時、赤シャツのように、教養に溢れた学士になるためには、頭も体も心もお金も「えらい（辛い）」ことだったのだ。

この時代の大学卒業生は、やはり「学士様」と呼んでいい。

超レアな明治時代の学士様

それでは、そんなに「えらい」学士様は、赤シャツの時代にはどのくらいいたのだろうか。赤シャツが帝国大学をいつ卒業したのかは分からない。そこで、こう考えた。

漱石が松山中学校に在職していたときの教頭、横地石太郎先生の年齢三五歳を、まずは赤シャツに適用（なんといい加減な）。これが、坊っちゃんが赴任した明治三八年の時の年齢とする。そして、大学卒業年齢を、当時の平均的な二七歳として計算。すると、明治三八年の八年前だから、卒業年度は明治三〇年となる。いい感じだ。

この年、「大学」と呼ばれるものは、創設されたばかりの京都帝国大学と合わせて、二つしかなかった。この二つの大学の卒業生数は、どれくらいだろうか。数字はもう飽きたが、またしても『日本帝国文部省年報』のお出ましだ。

明治三〇年度	東京帝国大学卒業生数	二八〇人
	京都帝国大学卒業生数	〇人

京都帝国大学は創設されたばかりだから、卒業生はいない。だから、この年度の学士は、「二八〇人」ということになる。赤シャツは、このなかの一人となる。

では、同年の「英文学科」の卒業生は何人か。なんと「四人」だ。だから、日本でこの年に「英文学」の学士となったのは、この「四人」だけなのだ。ちなみに、漱石には「英文学科」の同級生はいない。漱石ただ一人だった。どちらにしても、これは希少価値である。

赤シャツが、ターナーやゴーリキーや『帝国文学』に精通している教養人であるのは、当たり前。「奏任待遇」で、宿直もなく給料が高いのも当たり前。イギリス仕立てのフランネルの赤シャツを着ている、そんなキザな男であっても当たり前。現在のような、「一定水準の教育を受け、知識・能力を持つと認められる者」なんて甘いものではない。学力的にも経済的にも恵まれ、数々の選抜を経て、日本有数の知識・能力を持つと認められた、極めて少数の「学士様」なのだ。

学士様赤シャツは、やはりスゴイ。

ただ重ねて言うが、「学士様」だからといって、人としての価値が高いかどうかは、むろん別問題だ。正直なところ、いくら「赤シャツ冤罪説」を唱えても、『坊っちゃん』のなかの赤シャツを善人とするのは無理がある。また、学士だから、いい仕事ができる人かどうかも、もちろん別問題だ。いまの時代でも、大卒などという学歴とは全く無関係に、秀でた能力や技術で大活躍している人は、いくらでもいる。

しかし、明治時代の「学士様」は、現代のように星の数ほどはいない。それどころか、指を折っても数えられるほどの、超レアな存在だったのだ。

「星の数ほど」いる平成の学士

学校教育のことで統計数字を調べたかったら、「学校基本調査」でネット検索するといい。毎年、文部科学省が全国の学校から集めた、相当に正確な数字が見られる。

それによると、大学の総数は「七七九校（平成二七年度）」。七〇〇校を超えて久しい。だから、その卒業生数も、毎年「五五〜五六万」人前後を推移してきた。なにしろ、大学進学率が、ほぼ五〇％に到達しようとしているのだから、多いわけだ。

高校生のうち、二人に一人が大学・短大等の高等教育機関に進む段階を、マーチン・トロウという研究者が、「ユニバーサル段階」と呼んだ。現代日本は、すでにこの型の社会である。

毎年の大学卒業生数が五五万人なら、学士も毎年五五万人誕生している計算になる。一〇年間で五五〇万人。漱石が現代の状況を見たら、「もう沢山だ」と言うかもしれない。

本文で述べたように、「エリート段階」であった『坊っちゃん』の時代の「学士様」とは、その価値の大きさが違うはず。東京帝国大学も、赤シャツの時には二八〇人の卒業生だった。それが現代の東大では、ほぼ三〇〇〇人。ここでも、その差は歴然。

多くの人に高等教育への機会が保障されていることは悪くない。ただ、一定水準の知識や能力を持つことも保障されているかは、かなり怪しい。そういう自分だって、怪しいまま卒業した一人だ。

平成時代の学士は、もう「星の数ほど」いる。そこから、「キラ星のような存在」が出てくることも、星に願いたい。

第七章

坊っちゃんは、ダメ教師なのか

『坊っちゃん』のなかで、坊っちゃん先生が授業する場面は少ない。この小説が、学校を舞台にしながらも、「教育小説」ではないからだ。生徒と作る感動の授業とか、先生の愛ある教えとかがテーマではない小説なのだ。だから、主人公である坊っちゃんが、スーパーティーチャーである必要はない。文字通り「坊っちゃん先生」でいいわけだ。

さて、この坊っちゃん先生、どんな授業を見せてくれるのだろうか。次の場面が、唯一の授業場面だ。

いよいよ学校へ出た。初めて教場へ這入《はい》って高い所へ乗った時は、何だか変だった。講釈をしながら、おれでも先生が勤まるのかと思った。生徒は八釜《やかま》しい。時々図抜けた大きな声で先生という。先生には応えた。今まで物理学校で毎日先生々々と呼びつけていたが、先生と呼ぶのと、呼ばれるのは雲泥の差だ。何だか足の裏がむずむずする。（『坊っちゃん』二）

漱石自身が先生だっただけに、初めて教壇に立つ教師の心情が、よく描かれている。教育実習を経験していない坊っちゃんだから、なおさら「先生」と呼ばれることへの違和感も強いのだろう。ただ、「足の裏がむずむずする」との感覚は、どうにも分からない。

また、やはり、生徒は新米教師の授業を簡単には聞いてくれない。いつの時代も同じだが、新米教師の力量や出方をうかがっている。それで、「八釜しい」のだ。それでも、坊っちゃん先生、何とか第一時間目を乗り切った。「何だかいい加減にやってしまった」ようだが。そのせいか、二時間目は自分に気合いを入れた。

二時間目に白墨を持って控所を出た時には何だか敵地へ乗り込むような気がした。教場へ出ると今度の組は前より大きな奴ばかりである。（中略）しかしこんな田舎者に弱身を見せると癖になると思ったから、なるべく大きな声をして、少々巻き舌で講釈してやった。最初のうちは、生徒も烟《けむ》に捲《ま》かれてぼんやりしていたから、それ見ろと益《ますます》得意になって、べらんめい調を用いてたら、一番前の列の真中にいた、一番強そうな奴が、いきなり起立して先生という。そら来たと思いながら、何だと聞いたら、「あまり早くて分からんけれ、もちっと、ゆるゆる遣《や》って、おくれんかな、もし」といった。おくれんかな、もしは生温《なまぬ》るい言葉だ。早過ぎるなら、ゆっくりいってやるが、おれは江戸っ子だから君らの言葉は使えない、分らなければ、分るまで待ってるがいいと答えてやった。（同）

さすが坊っちゃん。「敵地へ乗り込む」とは、戦闘モードに入ったようだ。それで、授業が始まれば、敵である生徒の住む松山では通じない、江戸弁「べらんめい調」で煙に巻く作戦をとったのだ。生徒が分かるかどうかなどは、関係ない。なにせ、敵地へ乗り込んでの勝負なのだから、「分るまで待ってるがいい」のだ。さて、その勝敗の行方は？

この調子で二時間目は思ったより、うまく行った。ただ帰りがけに生徒の一人がちょっとこの問題を解釈をしておくれんかな、もし、と出来そうもない幾何の問題を持って逼《せま》ったには冷汗を流した。仕方がないから何だか分らない、この次教えてやると急いで引き揚げたら、生徒がわあと囃《はや》した。その中に出来ん出来んという声が聞える。箆棒《べらぼう》め、先生だって、出来ないのは当り前だ。出来ないのを出来ないというのに不思議があるもんか。そんなものが出来る位なら四十円でこんな田舎へくるもんかと控所へ帰って来た。（同）

やはり仕返しを受けた。超難問を突きつけての、新米教師の実力測定だ。この勝負は分が悪いとみて、坊っちゃんは「急いで引き揚げた」と語る。どうみても、「逃げた」が生徒たちの判定結果だろう。仕返しは、まだつづく。

坊っちゃんが教室に入ると、前日に食べた天麩羅蕎麦四杯のことを黒板に書かれ、囃し立てられた。さらに数日後には、団子を二皿平らげたことも、温泉の中で遊泳したこともからかわれた。

新米教師の通過儀礼のようなこんな洗礼には、先生はユーモアと余裕の感覚で対応するのが一番。ムキになった途端、生徒の更なるからかいの餌食になる。はてさて、坊っちゃん先生の対応行動は……。

おれはだまって、天麩羅を消して、こんないたずらが面白いか、卑怯な冗談だ。君らは卑怯という意味を知ってるか、といったら、自分がした事を笑われて怒るのが卑怯じゃろうがな、もしと答えた奴がある。やな奴だ。わざわざ東京から、こんな奴を教えに来たのかと思ったら情なくなった。余計な減らず口を利かないで勉強しろといって、授業を始めてしまった。それから次の教場へ出たら天麩羅を食うと減らず口が利きたくなるものなりと書いてある。どうも始末に終えない。あんまり腹が立ったから、そんな生意気な奴は教えないと

いってすたすた帰って来てやった。生徒は休みになって喜こんだそうだ。（同）

「卑怯」「やな奴」とは、生徒さんへの散々な評価。そして、更につづく見事な「減らずロ」には、とうとう坊っちゃんがキレた。教室から「すたすた帰って来てやった」そうだ。どうもこの勝負、「敵」である生徒さんの勝ち戦になっているようだ。そして、この場面での、何とも決着がつかない終わり方が、「バッタ事件」という大戦《おおいくさ》へと発展していったわけだ。

読者は、坊っちゃんの語りのテンポに乗せられて、言葉のやり取りや坊っちゃん先生の行動に、思わず喝采を送りたくなる。だが、ふと考えてみる。この現実がわが子の教室で起こっているとしたら、と。保護者としての貴方は、坊っちゃん先生をどう評価するだろうか。

その一　坊っちゃんを授業評価する

現代日本の授業評価

「生徒が先生の授業を評価する」、そんな経験の持ち主は、二〇〇〇年（平成一二）以降に高校生になった人たちだ（高知県はもう少し早い）。かっても、「授業の感想を書いてくれ」なんて言う先生もいたかもしれない。しかし少なくとも、「４３２１」のような数値で、学校の全先生の授業を評価することはなかったはずだ。

だが、いまや全国の学校で、この「生徒による授業評価（アンケート）」を実施していないところはない、と言ってよい。形式は、いろいろだ。各教育委員会の例示を学校ごとに改編しているので、統一体ではない。ただ、質問している内容、つまり評価項目にそれほど大きな違いはない。

授業評価の目的は、もちろん先生の「授業力」の向上だ。そして、その結果としての生徒たちの学力向上だ。「いい授業」をつくる、あるいは「いい授業」に改善していくことに異論がある人はいないだろう。また、評価して、あるいは評価されて改善を進めていくこと自体は、どの業界にも共通した流れである。より良いものになっていくのなら、学校や教師だけが特別なはずはない。

問題は、評価されるべき「いい授業」とは何か、ということだ。「いい授業」の基準と言ってもよい。この基準が、例えば時の総理大臣や文部科学大臣の好みで決められては、おかしなことになる。また、先生一人一人の勝手な思い込みで決めるのも、問題だ。では、何を議論の基本にするのか。

文部科学省が発行した『生徒指導提要』のなかに、「児童生徒一人一人に楽しくわかる授業を実感させることは教員に課せられた重要な責務です」という記述がある。ここでのキーワードは、教員の責務だともされる「楽しくわかる授業」だ。だとすれば、これが「いい授業」のひとつの目安にならないだろうか。

もちろん、「楽しくわかる」とは、先生の冗談に盛り上がったとか、難しい内容を単純にした、などという話ではない。理解へ導く方法が「楽しく」、結果、深い理解にたどり着いたことで「わかる授業」になった、そういうレベルの話だ。それでも、「楽しく」も「わかる」も定義づけが必要だ。ただ、その定義探しをしていく過程こそが、「いい授業」づくりなのだとも思う。

当然、その過程に関わるのは先生だけではない。授業はインタラクション(相互作用)で成立するものだから、先生と生徒の共同作業やコミュニケーションが、「いい授業」をつくっていく。授業評価が、そのインタラクションを促進するための手段になるなら、結構、意味あるものになるかもしれない。

坊っちゃんは授業評価に耐えられるか?

ここで、坊っちゃんに、現代の教室に立ってもらおう。そして、『坊っちゃん』に描かれる授業場面を使って、坊っちゃん先生を授業評価してみよう。坊っちゃんに数学を教わった、松山中学校の生徒の視点からの評価だ。

授業評価には、もちろん現代版を用いる。坊っちゃんは東京出身で、愛媛県の数学教師になった。そこで、愛媛県と東京都の教育委員会が例示してきた、それぞれの授業評価項目を参考にすることとする。先にも話したが、こうした評価項目は各教育委員会の例を、学校が改編しているので、愛媛県版も東京都版も一つの例だと考えていただきたい。

まずは、愛媛県版で検討してみよう。

愛媛県版　生徒による授業アンケート例

（4…そう思う。3…ややそう思う。2…あまり思わない。1…思わない。）

1	先生の説明は、よく分かった。	4	3	2	1
2	黒板にまとめられたことで、学習内容が整理できた。	4	3	2	1
3	授業の方法が工夫されていて、分かりやすい。	4	3	2	1
4	先生の声の大きさや話す速さはちょうどよい。	4	3	2	1
5	楽しく授業に取り組めた。	4	3	2	1

さあ、坊っちゃんの授業を受けた中学生たちは、各評価項目に対して、「4〜1」のどこに

マークをするのだろうか。

1 先生の説明は、よく分かった。

間違いなく「1」だ。なぜなら、数学の説明を「べらんめい調」で語り煙に巻き、わざわざ授業が分からないようにしているからだ。それを、坊っちゃんは「思ったより、うまく行った」と悦に入っている。これは、どうみても一方的な授業。生徒が「よく分かった」の評価をするわけがない。それにしても、「べらんめい調」の数学の説明とは、こんな感じだろうか。

「てやんでぃ、てめいらぁ知るめぇが、三角関数たぁ、このことでぇ。でぇく（大工）の世界でも使ってらぁ。おいらにとっちゃぁ、ちょちょいのちょいでぃ、この野郎。」

まあ、あまり上品ではないし、松山の人には通じない授業になりそうだ。

2 黒板にまとめられたことで、学習内容が整理できた。

数学だから、黒板を使わないことはないと思うが、坊っちゃんが板書した様子は伺えない。何とも評価し難い。ただし、「**あまり早くて分からんけれ**」と生徒が言っているくらいだから、「学習内容が整理できた」はずがない。板書も「べらんめい調」だったとしたら、間違いなく、「1」の評価だ。

3　授業の方法が工夫されていて、分かりやすい。

授業の方法の工夫とは、いまならプレゼンテーションソフトで、写真や動画を見せることなどをいうのかもしれない。坊ちゃん先生の授業への工夫は、「べらんめい調」にしたことくらいか。ただこの工夫も、生徒には内容が理解できないようにしたわけだから、またまた、「分かりやすい」はあり得ない評価なので、これも「1」だ。

4　先生の声の大きさや話す速さはちょうどよい。

これに至っては、「1」以外にはない。一番強そうな生徒が「もちっと、ゆるゆる遣って、おくれんかな、もし」と言っているのに、返した言葉は「分るまで待ってるがいい」だ。いわゆる教育的配慮は皆無であり、「速さはちょうどよい」わけがない。

ただし、「声の大きさ」は、なるべく大きな声を出したようだ。しかし、その理由がふるっている。「田舎者に弱身を見せると癖になると思ったから」だそうだから、動機が不純なことに加えて、ほとんど喧嘩の世界だ。

5 楽しく授業に取り組めた。

この評価は、生徒によって違うかもしれない。何しろ、やかましくしていられるのだし、難問を持ちかけての「先生イジリ」も可能だ。からかいには、授業中にもかかわらず、ムキになって反論もしてくれる。これは、生徒には楽しいはずだ。挙げ句の果てには、授業放棄もしてくれた。そりゃあ、「生徒は休みになって喜こんだ」に違いない。

したがって、第一回目の授業アンケートなら「3」だ。二回目以降では、真面目な生徒から、「授業をきちんと進めてください」とのクレームが、かならず出る。

では、東京都版ではどうか。基本的な評価項目は同じなので、重複しない部分だけを取り上げてみよう。

東京都版　生徒による授業アンケート例

（4…あてはまる　3…ややあてはまる　2…あまりあてはまらない　1…あてはまらない）

1　この授業は、よく準備され、よく工夫されていますか。　4　3　2　1

2　この授業は、わかりやすく教えてくれたり、考えさせたりしていますか。　4　3　2　1

3　この授業は、もっと学習したくなるよう、興味や関心をもたせてくれたり、意欲をわかせてくれたりしていますか。　4　3　2　1

1　この授業は、よく準備され、よく工夫されていますか。

『坊っちゃん』のなかには、いわゆる教材研究をしている姿は出てこない。していたのか、してはいなかったのかは判然としない。下宿では、「あしたの下読《したよみ》をしてすぐ寝《ね》てしまった」とある程度だ。

また、五限の授業が終わったあとの職員室でのつぶやきに、「**授業は一と通り済んだが**、まだ帰れない、三時までぽつ然《ねん》として待ってなくてはならん」ともある。授業自体は終わったのだから、もう学校を出たいのだ。できれば、大好きな道後温泉に行って、早めの温泉三昧にふけりたいのだろう。非常勤講師なら可能だが、専任ではあり得ない。

現代の先生は、この三時以降の時間で、会議や部活動のほか、プリント作りなどの教材研究をするものだ。これだと、坊っちゃんは放課後も教材研究用の時間を過ごした様子はない。したがって、「よく準備され」た授業にはなっていなかった、と判定する。

2 この授業は、わかりやすく教えてくれたり、考えさせたりしていますか。

「わかりやすく教えて」はいないことは、前述の通り。ただ、生徒に「考えさせたり」はしているかもしれない。たとえば、「べらんめい調」の分からない授業に対して、生徒は、難問を突きつけての反撃をしている。天麩羅騒動で「卑怯」呼ばわりされたことに対して、「自分がした事を笑われて怒るのが卑怯じゃろうがな、もし」との見事な反論もしている。これらの状況から考えるに、どのように坊っちゃん先生に立ち向かおうかを、生徒に「考えさせたり」する機会は提供していると言える。ただし、対象が数学の中身ではないことが、ひどく寂しい。

3　この授業は、もっと学習したくなるよう、興味や関心をもたせてくれたり、意欲をわかせてくれたりしていますか。

これも前問と同様だ。数学への「興味や関心」や「意欲」は高まろうはずがない。しかし、坊っちゃん先生への「興味や関心」は確かに高めた。新米教師をどうやり込めるかへの「意欲」は、さらに高めている。ただ残念ながら、この評価の対象は人柄ではなく、授業なのだ。

どうも、坊っちゃん先生の数学の授業評価は、かなり芳しくないようだ。「楽しくわかる授業」からは、ほど遠い。つまり、「いい授業」にはなっていないのだ。

その二　坊っちゃんは指導力不足教員？

指導力不足教員とは

二〇〇〇年代に入ったころから、「指導力不足教員」が巷でも話題になった。

「数式だけ書いてさあ、黒板にブツブツ話しかけてるんだよ。だから、数学の授業、な〜んにも分からなかった」といった思い出話を語る人。あるいは、「歴史の先生でね、いつつも年号とか間違えるし、小野妹子って女性だって教えた人いた。それで指摘すると、突然怒鳴り出すんだから」といった経験談を語る人たちも。

それをきっかけに、「そういうダメ教師っていたよね」や、「いたいた、超ひどいのがうちにも」といったような、「我が校のダメ教師自慢」が世間で飛び交ったこともあった。誰もが学校経験者だから、さまざまな「変わり種教師」には出会ってきただろう。だから、どんな人でもこの自慢大会には参加できたのだ。また、誰が名付けたか「指導力不足教員」という用語。この語感には、何とも言えぬインパクトがあった。このことも、世間やメディア受けした要因かもしれない。

では、いったい「指導力不足教員」とは、どんな先生を言うのだろうか。文部科学省は、こんな定義を発表している。

ここでいう「指導が不適切である」教諭等とは、知識、技術、指導方法その他教員として求められる資質、能力に課題があるため、日常的に児童等への指導を行わせることが適当ではない教諭等のうち、研修によって指導の改善が見込まれる者であって、直ちに後述する分限処分等の対

象とはならない者をいう。（傍点筆者）

（文部科学省「指導が不適切な教員に対する人事管理システムのガイドライン」より）

おや、と思うかもしれない。文部科学省は、平成一九年ごろから、「指導力不足教員」なる用語から、「指導が不適切な教員」という用語に統一してきているのだ。指導力というよりも、その指導のあり方が「不適切な教員」ということなのだろう。

この「指導が不適切な教員」は、ここ数年、だいたい百数十人が認定されている。この数は多いのか、はたまた少ないのか。全国の公立学校教員は約八〇万人ほどだから、一万人に二人くらいの計算になる。「不適切」な指導をする先生なのだから、たくさんいては困る。ましてや、その一人が自分の子どもの担任だったらと思うと、保護者なら居ても立ってもいられまい。何が何でも、そういう先生の指導は「改善」させてほしいと思うのは、誰もの願いだ。

ただ、認定は校長先生の判断によるところが大きい。教育委員会への報告・申請は、校長が行うからだ。そこで、こういった教員の評価が、上司に耳の痛い意見をぶつける教師の、その排除に使われないことだけを祈ってやまない。媚びない坊っちゃんや、山嵐のような「邪魔くさい」存在への攻撃システムには、してほしくない。

坊っちゃんは「指導が不適切な教員」

さて、坊っちゃんは、先ほどの授業評価の結果が、あまり芳しくないようだった。だから、坊っちゃん先生を現代にタイムスリップさせたら、狸ではない現代校長は、「指導が不適切」と報告するかもしれない。実際のところを検証してみよう。

ここでは、またまた愛媛県の例を使わせてもらう。愛媛県教育委員会では、先の文部科学省のガイドラインを受けて、愛媛県版の「指導力不足等教員（愛媛県はこの用語を使っている）の具体的事象例」を作成している。「不適切な指導とは、こういうことを言うのだ」という例が載っているのだ。私流に簡単にまとめて、表にしてみた。

教科	・児童生徒からの質問に対して答えられない ・教える内容に間違いが多い ・児童生徒が学習の方向性を見出せない
指導方法	・児童生徒に対して発問せず、説明に終始する ・板書に終始し、児童生徒に目を向けず、一方的・画一的な授業をする ・授業に参加しない児童生徒に対する指導ができない

生徒の心の理解	・問題行動等を目にしても、その場で、注意や指導をしない ・問題行動等での対応で、児童生徒と話し合いをしようとしない ・児童生徒の不安や喜び等の気持ちを理解できない ・児童生徒の指導において、公平性を欠く ・児童生徒の出欠状況等に関心を示さない

「教科」の項目。坊っちゃん先生は、たしかに「質問に対して答えられない」ことがあった。だが、これは新米教師なら誰しも経験する。それに、物理学校卒者だから、専門的な「知識」はあっただろう。

しかし、「指導方法」の項目にある「発問」はした形跡がないし、間違いなく「べらんめい調」の説明に終始していた。だから当然、「生徒に目を向けず、一方的」な授業だったはずだ。したがって、この項目のほどんどの例が、坊っちゃん先生には当てはまる。

また、「生徒の心の理解」に関しては、宿直のときのバッタ事件と吶喊事件を思い起こせばいい。生徒の「問題行動」に対して、相当過激な「注意や指導」は試みた。だがその対応は、まさに「生徒と話し合いをしようとしない」だ。明らかに喧嘩を売った。「公平性」も、かなり危なっかしい。さらに、「出席状況等に関心」を抱く感覚は、ゼロに近い。何しろ、赴任当初から面倒くさがって、早く帰りたくて仕方なかったのだった。

それに、「不安や喜び等の気持ちを理解」しようとする姿勢などは、どこに見いだせばよいのか。生徒指導とは、問題行動への対応（厳しく叱ったり、ルール違反を注意したり、事実関係を追及したり）だけではなく、この「不安や喜び等の気持ちを理解」することが本質だ。この本質が、どうも分かっていないらしい。挙げ句の果てには、次のような体罰もあった。

おれの坐ってた右側にある戸が半分あいて、生徒が二人、おれの前に立っている。おれは正気に返って、はっと思う途端に、おれの鼻の先にある生徒の足を引っ攫《つか》んで、力任せにぐいと引いたら、そいつは、どたりと仰向《あおむけ》に倒れた。ざまを見ろ。残る一人がちょっと狼狽《ろうばい》した所を、飛びかかって、肩を抑えて二、三度こづき廻したら、あっけに取られて、眼をぱちぱちさせた。

（『坊っちゃん』四）

生徒の足をつかんで仰向けに打倒し、飛びかかって殴りつけること二、三発。「ざまを見ろ」との暴言で得意満面な姿。路上でやれば、即刻、傷害罪で逮捕だ。もちろん、学校教育法第一一条の「体罰の禁止」にも抵触すること間違いなし。ケタ外れなダイナミックさだが、先生の言動としては、やはり危うい。

こう見てくると、愛媛県教育委員会の人たちは、『坊っちゃん』を参考にして、この事象例を作ったのでは、と思ってしまう。坊っちゃん先生の授業場面、生徒指導場面、同僚との関係などを検証して、「指導力不足等教員（指導が不適切な教員）」のパターンを抽出したのではないかと。漱石は、百年も前に「指導力不足教員」、いや「指導が不適切な教員」を描いていたのだ。

その三　漱石「僕は山嵐や坊っちゃんを愛し候」

指導改善研修を受ける理由《わけ》

坊っちゃん先生が現代の教壇に立っていたら、やはり、「指導が不適切な教員」に認定されるかもしれない。そうすると、「指導改善研修」と呼ばれる研修を受けなければならないのだ。期間は、原則一年。短気で癇癪持ちの坊っちゃんが、一年もの研修に耐えられるかどうかは、かなり疑問ではある。

この指導改善研修に関わってきた、今津孝次郎氏の『教師が育つ条件』（岩波新書）には、「指導が不適切な教員」にみられる共通項が、三つ挙げられている。要約すると次の三点のようなことだ。

（一）なぜ研修を受けるのかの自覚が乏しい
（二）自己評価が高い
（三）対人関係能力の欠如

この三つの事項は、まさに坊っちゃんの在り方をそのまま反映している。

坊っちゃんは、自分の生徒観には、偏りがあるかもしれないとか、自分の教え方は、誤っているかもしれないとは思わない。「かもしれない」と自らを疑ってみたり、省みたりする心性がないのだ。つまり「自覚が乏しい」わけだ。これが、坊っちゃんの強さでもある。

二つめは、坊っちゃんは、「無鉄砲」なのは親譲りなのだから、そのオレの何が悪い、と考える。勇気は誰よりもあるのだから、多少智恵のないオレの何が問題だ、と考える。だから、「これでいいのだ」にもなる。「自己評価が高い」というよりも、自分の評価を下げないのだ。自分の中の基準を曲げないから、いつも真っ直ぐに進む。これこそが、坊っちゃんなのだ。

もうひとつ、坊っちゃんには、無理に他人との良好な関係をつくろうとする意志がない。相手に、自分の感情や考えを伝えるスキルも持たない。「対人関係能力」を磨こうとしないだけに、人に媚びないのだ。うまく取り入って、出世しようなんて望まないのだ。裏がない人、という坊っちゃんらしさかもしれない。

欠点は長所でもあるとはいうものの、こんなにも的確に「共通項」に当てはまってしまう坊っちゃん。だから、坊ちゃん先生は、「指導が不適切な教員」に認定されるかもしれないのだ。そして、これらの点を改善するための、「指導改善研修」を受けねばならない理由があるのだ。

ただ、もし指導改善研修で坊っちゃんが「改善」されたなら、即刻『坊っちゃん』は絶版になる。いや、いまの世に読み継がれてこなかったはずだ。なぜなら、多くの読者が快哉を叫ぶ理由は、坊っちゃんの、この「不適切」さにあるのだから。

坊っちゃん先生の魅力

漱石が大谷繞石《おおたにじょうせき》（俳人・英文学仲間、子規の門下生）に宛てた手紙の中に、こんな記述がある。

「山嵐や坊っちゃんの如きものが居らぬのは、人間として存在せざるにあらず、居れば免職になるから居らぬ訳に候。

僕は教育者として適任とみ倣さるる狸や赤シャツよりも不適任なる山嵐や坊っちゃんを愛し候。」（明治三九年四月四日）

漱石は、坊っちゃんのような先生がいれば、「免職」になってしまう、と言う。なのに、なぜ漱石は「不適任なる山嵐や坊っちゃんを愛し候」なのだろうか。

この答えは、読み継いできた読者なら分かっている。坊っちゃんという人間の、その「不適切」さのなかに潜む、大きな魅力があるからなのだ。

現実の世の中には、狸も赤シャツも野だいこも充満している。本音と異なる建前、偽善と虚偽、ごますりと取り入り、保身と出世、特権意識と権威主義などなど。多くの人間は、無意識のうちにこれらを身にまとって生きている。漱石は、そんな教育関係者を目の当たりにしてきた。そして、その「適任とみなさるる」姿に辟易としてきたのだ。漱石が『坊っちゃん』を執筆した理由は、この鬱憤晴らしだ、との説もある。

それに比べて、真っ直ぐな気性、誠実で正直、反骨精神を持ち、果敢と無欲を体で表現する坊っちゃん。子どもから大人への発達過程で獲得しているはずのものが、ない。「坊っちゃん」であるということの魅力、とも言える。こういった坊っちゃんのような精神が、おそらく漱石の時代にも絶えて久しくなっていたのだ。社会から消えようとしているからこそ、坊っちゃんという人物に託して、「坊っちゃん的精神」を強調したかったわけだ。これは、けっして教育界への批判だけではない。

ただ、坊っちゃんは、この魅力を駆使しようとすればするほど、教師としては「不適任」とされる。当然でもある。だが、漱石は「人間として存在」はするというように、魅力ある人間として、坊っちゃんを愛するのだ。建前や偽善、ごますりや保身を後生大事に守ろうとする社会や人々に、真っ向勝負を挑む一個の人としての魅力を、こよなく愛するのだ。「オレもこんな生き方を貫きたいなあ。そうすれば胃潰瘍にはならないのになあ」と思ったのかもしれない。

読者もまた、「これじゃ、いまの世の中では通用しないよね」とは言いながらも、自らの中にある「坊っちゃん性」を『坊っちゃん』の中に見ているのだ。この小説が多くの人を惹きつけてきた理由も、坊っちゃんに対して誰もが快哉を叫ぶ理由もまた、ここにある。

こういう人物が、教壇に立っていてはいけないのだろうか。

どちらかと言えば、教育現場って、前例踏襲的で閉塞感も漂う。そのなかでは、坊っちゃんの爆発的（暴発的？）行動力や真っ直ぐな正義感は、何らかの突破口を開く力になるような気がする。教え方は無茶苦茶でも、「べらんめい調」の授業を一時間やり遂げたら、それはそれで江戸伝統文化を伝える価値がありそうだ（かなり無責任だ）。ぶつかってぶつかって、それでも前に進んでいく教師。ときに、そんな先生が生徒には、学校には必要なのかもしれない。

坊っちゃんは、本当に「ダメ教師」なのだろうか。教員評価は、つくづく難しいと思う。

漱石先生への授業評価

夏目漱石は、一九〇七年（明治四〇）に四〇歳で朝日新聞社に入社するまで、多くの学校の教師を務めていた。ここで、漱石先生には大変失礼だが、坊っちゃん先生と同じように、当時教えを受けた生徒・学生たちによる授業評価をさせてもらおう。

「夏目先生が来て、スケッチブックを講義し初めると、不思議によくわかって、英語の面白味が初めて感ぜられるやうになった。」（真鍋嘉一郎《まなべかいちろう》「夏目先生の追憶」）

「先生は身体の小さいに似合わない、わるく底力のあるかなり大きな声で講義をした。（中略）よく皆をくすくす笑わせることがあった。（中略）私は先生の訳の自在なこと語彙の豊富なことに感心もし羨ましくも思った」（中　勘助「漱石先生と私」）

「睾丸《きんたま》とは英語で何と云うかと質問して、即座に返答されたには驚いたね。あれ以来テスチクルという言葉は忘れないよ」（山本義晴談「松山座談会」にて）

（以上、傍点筆者）

教え子だった面々からの、「教師夏目漱石」への回想録のような記述だ。すこぶる良い感想である。「不思議に」と思えるくらい、分かりやすい。「面白味が初めて感ぜられる」と言わしめるほど、楽しい。声も「底力」があり、ユーモアのセンスもありそうだ。さらに、「訳が自在」で「語彙が豊富」という。教材研究の賜物だ。睾丸を「テスチクル(testicle)」と即答できるくらい実力もある。元来の能力と相まって、内容の濃い授業だったと思える。漱石先生の授業評価は、満点だ。

漱石は作家としてだけでなく、教師としても、モノが違ったのだ。

第八章

「先生ぽさ」と山嵐のジレンマ

『坊っちゃん』の読者は、「先生」という人にどんなイメージをお持ちだろうか。

たとえば、校長の狸が坊っちゃんに、「先生たるもの、斯《か》くありなさい」との有り難い話をしたら、本気にされて慌てたシーンがあった。この建前論を重んじる校長の態度は、「校長先生ぽいね」と読むのだろうか。

次は、バッタ事件の処分について議論する職員会議場面。教頭の赤シャツが、校長につづいてこう発言するシーンがある。

「私《わたくし》も寄宿生の乱暴を聞いて甚だ教頭として不行届であり、かつ平常の徳化が少年に及ばなかったのを深く慚《は》ずるのであります。でこういう事は、何か陥欠があると起るもので、事件その物を見ると何だか生徒だけがわるいようであるが、その真相を極めると責任はかえって学校にあるかも知れない」

（『坊っちゃん』六）

自らの不行き届きや、その人徳が生徒に及ばないことを「慚ずる」と言う。これは、直前に狸校長が、「学校の職員や生徒に過失のあるのは、みんな自分の寡徳の致す所で、何か事件がある度に、自分はよくこれで校長が勤まるとひそかに慚愧《ざんき》の念に堪えん」と一席ぶったのに続けたものだ。でも、どうもその責任を、校長も教頭もとっている節がない。さらに続けて、赤シャツはこうも付け加えた。

「で固《もと》より処分法は校長の御考《おかんがえ》にある事だから、私の容喙《ようかい》する限ではないが、どうかその辺を御斟酌《ごしんしゃく》になって、なるべく寛大な御取計《おとりはからい》を願いたいと思います」

（同）

自分は、「ここは穏便に穏便に」という議論をリードはするが、もとより、処分の権限は校長にある。だから、私は「あなたを差し置いて口出しは致しません」と添えているのだ。これを、多くの人は「下克上の否定を口にすることは、出世のための大切な要素。教頭らしい」と考えるのだろうか。

もう一人、野だいこがいる。坊っちゃんをして、「言語はあるが意味がない」と言わしめた職員会議発言がこれだ。あんまり面白いから、読みにくいが全部引用だ。

「実に今回のバッタ事件及び咄喊《とっかん》事件はわれわれ心ある職員をして、ひそかにわが校将来の前途に危惧の念を抱《いだ》かしむるに足る珍事でありまして、われわれ職員たるものはこの際奮《ふる》って自ら省みて、全校の風紀を振粛《しんしゅく》しなければなりません。それでただ今校長及び教頭の御述べになった御説は、実に肯綮《こうけい》に中《あた》った剴切《がいせつ》な御考えで私は徹頭徹尾賛成致します。どうかなるべく寛大の御処分を仰ぎたいと思います」（同）

いつもの「へらへら調」で、職員会議だけで通用するような特殊言語を羅列する。しかし結論は、校長と教頭に「徹頭徹尾賛成」だけ。空疎とは、こういうことを言う。こんな太鼓持ち（腰ぎんちゃく）もまた、「先生ぽさ」なのだろうか。

『坊っちゃん』こそが、その後の校長像、教頭像、教員像のプロトタイプ（原型）を作り上げた、と指摘した人がいた。ただ、いまの先生で、こんな空疎な発言をする人も、こんな難解な言葉を操る人もいない。それでも実際、漱石の、こういった教員類型や学校社会での人間模様の描き方は、やはり見事だ。おそらく、当時の『坊っちゃん』の読者からも、この「ありそうな先生像」で笑いをとったのだろう。「先生ぽさ」に対する「あるあるネタ」みたいだ。と同時に、「どんな世界にもいるよね、こういう人」との思いも抱かせたかもしれない。漱石は教員類型を使いながら、「いまの世に棲む日本人（特に知識人）」を描いたのだとも思うのだ。

もう一人、坊っちゃんが唯一連帯した、山嵐がいた。初めて登場するシーンには、その風貌が比叡山の僧のように描かれる。弁慶のごとくにだ。

> それからおれと同じ数学の教師に堀田《ほった》というのがいた。これは逞《たくま》しい毬栗坊主《いがぐりぼうず》で、叡山《えいざん》の悪僧というべき面構《つらがまえ》である。人が叮嚀《ていねい》に辞令を見せたら見向きもせず、やあ君が新任の人か、些《ち》と遊びに来給えアハハハといった。何がアハハハだ。そんな礼儀を心得ぬ奴の所へ誰が遊びに行くものか。おれはこの時からこの坊主に山嵐という渾名《あだな》をつけてやった。
>
> （『坊っちゃん』二）

山嵐は、「辞令」を見せるような形式論はお嫌いなようだし、風貌さながら豪快でもある。ずいぶんと他の教師とは違うようだ。実は、職員会議の発言内容も異なる。あまりにも長いので引用は控えるが、一読してもらいたい。生徒への厳罰論だが、山嵐の人柄と教育観がよく分かる。論理展開の明快さ、内容の高邁さが群を抜いている。誰も反論できない気高さもある。これもまた、「先生ぽさ」なのだろうか。ただし、ちょっと難しすぎるのが難点だ。

漱石先生自身は、松山中学時代の職員会議では黙していたようだ。だが、『坊っちゃん』のなかで、その深い教養と高い教育理念とを山嵐に託して語らせたのかもしれない。大嫌いな人種である、野だいこの対極にある人物として。

その一　アイスマンの解凍

五三〇〇年前の人物像

『ナショナル ジオグラフィック日本版』(二〇一一年一一月号　日経ナショナル ジオグラフィック社)に、「アイスマンを解凍せよ」という記事があった。あらためて読んでみたら、少しばかり想像力をかき立てられた。

この「アイスマン」の話は、一九九一年にまで遡る。その九月、ある夫妻がイタリアとオーストリア国境に近いアルプス山脈を登山していた。そして、標高三二〇〇mほどのところで、氷河の溶けた部分から、冷凍保存された男性遺体を発見したのだ。だから、「アイスマン」だ。最初は遭難者なのかと思ったらしいが、研究者の手によって、五三〇〇年前の人物だったことが分かった。日本で言えば、縄文時代人だ。

ここからがスゴイ。現代科学は、何でも解明してしまうことが分かった。

CTやDNA鑑定や内視鏡検査などを駆使して、身長や体重や年齢を特定。手にしていた武器や、着けていた衣服などの素材も解明した。その他に、腰痛、関節炎、肋骨骨折などの傷病歴も死因（殺害事件だったらしい）も分かってしまった。さらにスゴイのが、DNA調査では、茶色の髪や瞳、牛乳が消化できない体を持ち、現代のイタリア南部の島民とつながっていることさえもつかんだのだ。

そして、更なる解明を目指し、冷凍保存されてきた「アイスマン」を「解凍しよう」ということになり、現在も、その調査が継続されているらしい。というわけで、「アイスマン」は何から何までも調査されて、その人物像は丸裸にされている。もっとも、発見当初から、丸裸ではあった。

もしもアイスマンになったなら

そこで、考えてみた。いま、もし自分が突然「アイスマン」になったら、と。そして、五千年後の西暦七〇〇〇年に誰かに発見され、研究者に解凍されたら、と。きっと、究極まで進歩した科学によって、何から何まで再現され分析される。こんな風にだ。

「五千年前の人間って、こんなヘンテコな顔してたんだ。顎と口と声帯が、現代人の倍くらい発達している。よっぽど怒鳴るとか、喋りまくるとか、歯を食いしばるとかしてきたのだろう。現代では、無駄な力だ」などの指摘を受ける。そして、脳科学の分野からは、生前の思考回路まで復元される。

「この脳では、論理的思考力に難がある。ただ、多人数に対する講話や学習活動を行うことに、その力を注いでいた回路が見られた。まあ、あまり高い能力ではない」なんて辛辣な分析もされるだろう。余計なお世話だ。さらには、精神性の解明も進む。

「バランス感覚には優れているが、建前を大切にしたり、上からの圧力への脆弱さがみられる。ただし、金銭への執着はないようだ」との見立てもなされる。

「以上の分析結果より、この人物は、古代に存在した『学校』の『教師』であると考察される。文献には、安定的な職業とある。しかし、本アイスマンを検討すると、長時間労働や人間関係のストレスが強く、感情の激化を必死にコントロールしてきた形跡もみられる。また、立ち続けによる腰痛や、人間関係がストレッサーとなって発症する胃腸系の病歴も散見される。これこそが、当時の典型的な『教師』類型であると言える」と結ばれた。

こんな風に「先生ぽさ」が科学的に解明されると思うと、ちょっとゾッとする。五千年後に分析されるなら、もっと生き方を正さなければいけない。
しかし、教師という職業に就いた人に、典型的な類型なんてあるのだろうか。

その二　教師の類型

『坊っちゃん』のなかにみる六類型

内田樹氏の『街場の教育論』（ミシマ社）は、刺激的な著作である。そのなかに、『坊っちゃん』を取り上げて、教師の類型について語った部分がある。内田氏は、こう言うのだ。

まず、大きな前提として、学校は「さまざまな別種のメッセージ」が飛び交うことが理想だとする。もちろん、学校の中には多様な生徒、多様な教師がいることが必要だ、という意味である。ただ、多様とはいえ、現実の教師のタイプはそう多くはない。ほぼ『坊っちゃん』に登場する、次の六類型くらいでしかない、と言う。
①優柔不断の調整型で世渡り上手な、校長の狸。
②野心的で陰謀家、紳士を気どった俗物の、赤シャツ。

③教頭のイエスマンとなる腰巾着の、野だいこ。
④豪放な山嵐。
⑤弱気で脆弱な、うらなり。
⑥幼児性の強い正義漢、坊っちゃん。

たしかに、校長は最終責任者として、問題が起こらぬよう調整しなければならない。だから、生徒や保護者側に立つことも、教師側の言い分を支持することもある。「いったいどっちの味方なんですか!」などと、そのアンビバレンスさに突っ込みを入れられたりもする。でも、この相反する感情や立場に悩まない人は、リーダーにふさわしくないような気がする。意志決定は、悩み抜いてこそ価値がある。

教頭は、板ばさみ職だ。教育委員会や校長との、あるいは教員と生徒・保護者との板ばさみになる役回りだ。だから、多少の狡猾さや、ある種の「陰謀」も必要かもしれない。場面に応じた顔を持つ必要性もある立場だ。教育への理想を持って校長職を目指すなら、「野心家」であることは必要条件に違いない。結構、肉体的・精神的に重労働であり、気の毒な役職でもある。ただし、赤シャツのように、キザで紳士気取りで、しかも赤いシャツを着る必要はない。

野だいこのような「イエスマン」教師は、教員集団からは浮いてしまう。坊っちゃんも「**野だは大嫌**《だいきらい》**だ。こんな奴は沢庵石**《たくあんいし》**をつけて海の底へ沈めちまう方が日本のためだ**」(『坊っちゃん』六)

と過激な発言をする。漱石もきっと、この種の人間が大嫌いなのだ。こういう教師は、たいていは生徒に視線が向かないから、生徒からも嫌われる。でも、ひとつの生き方としては、肯定されてよいはずだ。

うらなり君は、一見、ひ弱なお人好しに思える。だが、実は本人なりの処世術を身につけているとも言える。しかも、その「術」に悪意も作為もないから、周囲からは敬意をもって接せられる。こういう教師こそが、もっとも教職を全うできる人かもしれない。

山嵐のような「豪放」教師は、生徒指導の場面で力を発揮するタイプだ。行動力も厳格さも、生徒愛も同僚への思いやりも持ち合わせているからだ。坊っちゃんが「**生徒に人望がある**」(『坊ちゃん』八)と言うのもうなずける。

坊っちゃんの持つ幼児性は、教師が少なからず持つ資質だと思う。特に、男性教師には、と思うのだ。大人性(ヘンな言葉だが)だけで、子どもたちと生活を共にするのは窮屈だ。「子どもと同じ目線に立って」とよく言われるが、そうするためには「同じ精神性」を持つ面があるといい。だから「子どもっぽさ」は、ひとつの教師特性に当たると言えそうだ。ただし、幼児的な正義感しかなければ角が立つ。まるで子ども同士の喧嘩だ。

なるほど、教職にある人には、「先生ぽさ」を表すパターンがあるのかもしれない。

葛藤を呼ぶモデル

六類型をあげた内田氏の話は、こうつづく。

「これくらいのタイプの教師がいれば、明治四十年代から後、だいたいどんな学校でも用が足りた」と断言するのだ。これだけでは分かりづらいから、私流にまとめて解説する。

生徒たちにとって、教師は身近な大人である。一人一人が大人としての、ひとつのモデルでもある。そのモデルである各教師が、授業や学校生活の場面で「違うこと」を言う。「違う価値」を語る、と言ってもよい。こんな風にだ。

「世の中はなあ、金持ちの都合のいいようにできているんだ。だから、勉強をして金持ちになれ！」と言う教師がいる。一方で、「勉強は心の豊かさをもたらすんだ。お金では測れない幸せがある」と静かに語る教師もいる。

「受験は挑戦だ。偏差値なんか気にせず、高みを目指せ！」と進路指導する教師がいる。また一方で、「学校はどこに入ったかじゃない。そこで何をするかだから、今の力で入れるところを受験しなさい」との指導をする教師もいる。ちょっとした、生き方の哲学論争だ。

こうなると、生徒たちは「なんだなんだ、先生たちは違うことを教えるじゃないか」と考えるわけだ。陰ではきっと、「担任の〇〇（こういうときは、ほぼ一〇〇％呼び捨て）は、自分の勝手な人生観を喋ってるだけじゃん。俺はどうすればいいんだ」なんてことを友人に話している。つまり、教師からのメッセージを受けて、子どもたちは何が正しいのか、何が間違っているのかで葛藤する。どちらの生き方がより自分的なのか、どちらの立場に近づいた方が得なのか損なのかに葛藤する。親の言うこととも違って、また悩み葛藤する。

内田氏は、学校での、この葛藤こそが子どもを成長させる、と言う。「成熟は葛藤を通じて果たされる」と主張するのだ。そして、その葛藤を引き出すために必要な教師の類型は、『坊っちゃん』のなかの六類型で「用が足りた」と結ぶのだ。明治四〇年代以後今日まで、子どもたちの成長の糧となる葛藤を生じさせる教師は、狸から坊っちゃんまでの六類型で賄えてきた、というわけだ。これが本当なら、新しい学説ではある。

多様であっていい先生たち

学校の中にいろいろな先生がいること、その意味は大きいと思う。六類型の教師たちで「用が足りた」かどうかは分からない。ただ、多様な児童生徒がいる学校に、ある定型の教師しかいなかったら、子どもたちの成長ベクトルは多様な方向を示さなくなるだろう。それは、現代社会の求める「個性ある存在」とか、「違いを認め合う社会」とかの理念からは離れる。多様な子どもに育つことを理想とするなら、教壇に立つ人も多様であることが求められるはずだ。

実際大人たちは、こういった先生たちと出会って、「別種のメッセージ」を受け取ってきた。

それを受けて、考えたり悩んだり、ときに敬意を、ときには憎悪に似た感情を抱いたりもしながら、子ども時代を過ごしてきただろう。誰もが通ってきた道である。

「俺はこんな人にはなりたくない」と反面教師にしてきたこともあるだろう。「私の人生観を変えてくれた人だ」と感謝したこともあるかもしれない。これが「成長」ならば、「成長」のためには、いろいろな「先生ぽさ」に出会って葛藤することこそが、その鍵になるはずだ。

狸も赤シャツも、野だいこも山嵐も、うらなりも坊っちゃんも、学校には必要なのだ。いや、六類型と言わず、もっともっと「別種のメッセージ」を提供する多様な存在が必要なのだ。そのためにも、異論を尊重し合い、多事争論ができる職場環境も大切なのだ。子どもの成長につながる、さまざまな葛藤を呼び起こすために。

ただ個人的には、赤シャツや野だいこには教わりたくない。あまり、同僚にもなりたくはない。どうみても、心地よい葛藤も、楽しいお仕事も、できる気がしない。え、「お前こそが多様な存在を否定している」って？　だから、人との関係は難しい。

その三　ヤマアラシのジレンマ

そもそも「ヤマアラシ」って何？

ここまでの教師像のなかで、山嵐だけは、カッコイイ「先生ぽさ」に見えてしまう。漱石が「愛し候」と言うし、坊っちゃんには「人望がある」と言わせるくらいだから仕方ない。ある種の理想的な「先生ぽさ」を、漱石は描きたかったのではないか。

少しばかり、この「山嵐」を追ってみよう。ちょっと待て、そもそも「山嵐（ヤマアラシ）」って何だ。

図書館で「動物図鑑」を調べてみた。めったに読まないものだが、なかなか興味深い。人間と比較しながら眺めるのがコツかもしれない。

図鑑によると、「ヤマアラシ科」というのは何種類かあって、全身が針に覆われているのが特徴らしい。大型のヤマアラシだと、三万本くらいあるようだ。これはもちろん、硬い体毛である。

一見、ネズミのようで可愛いのだが、敵が来ると、この針を立てて威嚇し、最終手段としては後ろ向きに突進するという。これが功を奏して、針が敵に刺さると、ライオンやハイエナでも致命傷となるのだそうだ。必殺仕事人のごとき絶技の持ち主のようで、結構恐ろしい存在なのだ。

それから、「ヤマアラシ」と呼ばれる理由は、威嚇するときの、針を振るわせて出す音が「山嵐」に似ていることにあるようだ。山を吹き荒れる暴風＝嵐、という意味だろう。

これだけみると、獰猛な動物だと思う。しかし、ふだんは夜行性で穴倉のような巣に潜み、目はあまり見えずに臭覚だけが発達している小動物、と書かれている。また、森の中で単独生活を送り、家族以外の群を作るようなこともない。基本的に、おとなしい草食動物だそうだ。この「草食系」の部分は、『坊っちゃん』の山嵐像とはちょっと異なる。

ヤマアラシと山嵐

坊っちゃんは、いや漱石は、なぜ堀田先生を「山嵐」と渾名《あだな》したのだろうか。比叡山の僧のような風貌からだという。しかし、図鑑を読んでいて思ったことがある。動物のヤマアラシの特徴と、先生の山嵐との対比についてだ。

たとえば、いざとなったら、天敵だろうが強敵だろうが攻撃していく姿。これは、山嵐が校長や赤シャツに立ち向かっていく、つまり強者に突進していく姿とダブる。しかも、ヤマアラシの針は、山嵐の鋭い舌鋒《ぜっぽう》だ。暴力も辞さない恐ろしさも持ち合わせている。あまり、普通の先生方にはお勧めはできない。

また、ヤマアラシの発達した臭覚は、獲物を探り当てる力でもある。山嵐はこれも持っている。人の気持ちや、行動や言葉の裏に潜む悪意なども嗅ぎ出してしまう。赤シャツらの策略も行為も嗅ぎ出して暴こうとした力だ。ことの真実は不明だが。

さらに、群れない性格。狸校長の一派だとか、野だいこのように、権力者の取り巻きとなる派閥も作らない。坊っちゃんとも、最後の一戦だけ同盟を結んだが、辞職後の関係はもたない。ある種の孤高さを山嵐には感じる。群れないのだ。漱石は、こんなヤマアラシの特徴までを知っていて、採用した渾名だったのかも。

『坊っちゃん』の最終シーン、すなわち赤シャツと芸者との逢瀬を直撃した場面。山嵐は、そこまでに九日間「枡屋《ますや》」に潜んで毎夜探索をつづけた。これを、ヤマアラシが巣穴に生息し、夜な夜な行動するという夜行性の特徴とダブらせた、なんていう見方は妄想だろうか。「動物図鑑」の見過ぎかもしれない。

ショーペンハウエルの寓話

「ヤマアラシのジレンマ」なる話をご存じだろうか。人間関係の心理学理論のようなものである。私には深入りはできないが、「あるある自分にも」と思うことがあるので、少しだけ触れてみよう。もともとはショーペンハウエルの、次のような寓話からきている。

冷たい冬のある日、やまあらしの一群が身を寄せ合って、その体を温めようとしました。ところが、ぴったりとくっつくと互いの針が刺さって痛い。だから、いっときは離れました。しかし、温まらないことには凍えてしまう。そこで、また寄り添います。しかし、当然のように第二の禍がもたらされました。こんなことに何度も何度もトライするうちに、やまあらしの一群は、自分たちにとって「ちょうどよい間隔、ほどよい距離」を置くことができるようになり、うまく身を寄せ合うことができるようになりました。（ショーペンハウエルの『随想録』から一部改変）

この話、ヤマアラシの写真を見れば分かる気がする。確かに、このまま体を寄せ合えば、互いの鋭い針で差し違える危険性がある。しかし、ずっと離れたままでは体温が保持できない。「近づきすぎれば、痛い。離れすぎれば、寒い」なわけだ。つまり、ジレンマ（葛藤）に陥る。これが、「ヤマアラシのジレンマ」だ。

この寓話をもとにして、フロイトが、集団における人間関係の話におきかえて考えたという。たしかに、人と人との「距離感」を考えるのに好材料となる話だ。

人間は社会のなかで生きる動物だから、他者に近づいてお互いの存在を認め合ったり、確認し合ったりしている。そのとき、お互いの距離（心も体も）は関係の深さで違う。たとえば、出会ったころなら、気遣いもあるから一定の距離を保っている。「もう少し、あの人のこと知りたいな」と思ったり、「私のことも知ってほしいな」と欲する、接近願望のある距離だ。

でも、それが仲良し関係に発展すればするほど、ググッと距離が縮まる。すると、わがままや自己主張（これが針だ）もはっきりしてくるから、結果、ときには相手も自分も傷つける。「いくらお前でもいまの発言は許せない！」とか、「その存在がウザイんだ！」みたいな発言も飛び出す。それで、互いを遠ざけるような距離になる。

ただし、人って基本的にエゴの塊だから、距離が離れすぎれば、「私たちって、そんな水くさい関係なんだ」とか、「俺には心を開かないのか」という寂しさも湧く。相手の存在が必要だったと気づくようになり、その距離を再び戻したくなる関係、とでも言えるだろうか。

これが、「相手に近づきたいけど、近づきすぎたくない。離れたいけど、離れすぎたくない」という「ヤマアラシのジレンマ」だ。人間関係の距離感の話なのだ。友人、恋人、夫婦、親子、上司と部下などなど、みんな、この「ジレンマ」のなかで生活しているのだと思う。もちろん、先生と生徒も。

風船のごとく

「個人距離」と「社会距離」という用語がある。これをひどく簡単に言ってしまうと、二人がお互いに手を伸ばすと届く距離が、「個人距離」。友人や家族とかのように、親しさの度合いが大きい関係の距離だ。いっぽう、ビジネス上の付き合いだとか、会社のなかだけの人間関係の距離が、「社会距離」。同僚や商談相手とか、会議だけの関係などの距離がそれに当たる。学校でいえば、単なる同級生などもそうだろう。

思うに、山嵐は、こういった距離をコントロールするのが、上手なのではないだろうか。

たとえば、坊っちゃんとの距離感。初対面のときから、**「些《ち》と遊びに来給えアハハハ」**（『坊っちゃん』二）と声をかける。アポなしで宿泊先を訪れて、下宿の世話までもする。やや強引だが、「個人距離」に進入しようとしているのだ。自分から接近することがない、坊っちゃんのような人物との距離を縮めるには、きっと有効な手段に違いない。

つづいて、初めて教壇に立つ同僚の坊っちゃんが職員室に戻ると、真剣に心配した。**「山嵐がどうだいと聞いた。うんと単簡に返事をしたら山嵐は安心したらしかった」**（『同』三）と微妙な反応だ。**「安心したらしかった」**との表現に、坊ちゃんにだけでなく、生徒への気遣いも感じる。

また、宿直をサボって温泉へ出た坊っちゃんには、**「君のずぼらにも困るな、校長か教頭に出逢うと面倒だぜ」**（『同』四）と親身になって心配をしてくれる。学校への不平を言う坊っちゃんには、「君あまり学校の不平をいうと、いかんぜ。いうなら僕だけに話せ」（『同』三）と諭す。「おいおい、たいがいにしておけよ」という、忠告も仲間を思う気持ちも含めた声掛けだ。「個人距離」と「社会距離」との中間のような距離感、とでも言えそうだ。

最後に、職員会議での大演説。教師に対する生徒の悪しき行為を、厳罰に処すべしと主張した。狸や赤シャツに反論したのだ。ところが、そのあとに同僚の不適切な行動への責任を告発し、糾弾もする。こんな発言だ。

「ただ今ちょっと失念して言い落しましたから、申します。当夜の宿直員は宿直中外出して温泉に行かれたようであるが、あれは以ての外の事と考えます。いやしくも自分が一校の留守番を引き受けながら、咎《とが》める者のないのを幸《さいわい》に、場所もあろうに温泉などへ入湯に行くなどというのは大《おおき》な失体である。生徒は生徒として、この点については校長からとくに責任者に御注意あらん事を希望します」

（『坊っちゃん』六）

どうだろう、先生でも企業マンでも、同僚の面前で公式の場で、こんな責任追及論を堂々と披瀝できるだろうか。生徒を厳罰に処すことと、教師の責任を追及することとは別問題とする。このバランス感覚こそ、山嵐の本領のような気がする。管理職のイエスマンにはならず、同僚の顔色を伺うわけでもない。この「距離感」が、何とも清々しい。ここでの坊っちゃんとの距離は、完全に「社会距離」の関係である。

山嵐は、まるで風船をふくらませたり、しぼませたりするように、坊っちゃんとの距離を調節していくのだ。しかも、これが計算尽くの行為に見えないところに、山嵐の人柄を感じる。無自覚のうちに、状況に応じた距離感を持ち得るのだ。こういうのを「センス」と呼ぶのだろう。きっと、生徒との距離の取り方もうまいから、「人望がある」との評価を受けるのだ。

ところが、坊っちゃんには、これができない。坊っちゃんの風船は、自分で決めた大きさから変化しない。大きくも小さくもさせない。つまり、どんな人でも距離感はいっしょ。相手とは関係なく、自分の中にしか距離の取り方の基準がないのだ。この二人の違いは、どこからくるのだろうか。

「ヤマアラシのジレンマ」と山嵐

動物のヤマアラシは、「ほどよい距離」を、「何度も何度もトライ」することで見つけていた。山嵐も同じような気がする。「付かず離れず」の距離感を、きっと「ヤマアラシのジレンマ」を何度も経験することで身につけてきた、と思うのだ。体も心も、痛い思いや心地よい経験をくり返しながら。

たとえば、狸や赤シャツの言動に接して、自分の教育観と突き合わせてきただろう。そして、「付かず」の距離を身につけたのだ。腰巾着の野だいこや、君子のようなうらなり君と出会って、自らの発言や行動を顧みる「トライ」をくり返してきたかもしれない。坊っちゃんとの関係も同じだ。そこから、三人への距離を測ってきたわけだ。自分の「先生ぽさ」と、他の「先生ぽさ」との間で葛藤し獲得した距離感だとも言える。きっと、生徒との距離も、日常的なガチンコ対決の中で見いだしてきたのだろう。だから人望を得る。

こんな風に、自他を見つめながら、そこから「ほどよい距離」を割り出せる大人への道を山嵐は歩んできたに違いない。生身の人間と正面から向き合って、トレーニングを積んできたのだろう。ただし、腕力のトレーニングも積みすぎて、これを行使してしまう点については、もっと葛藤すべきだったとは思う。

坊っちゃんは、親子関係でも、同僚や生徒との関係でも、痛い思いをしてきたはずである。なのに、そこで自分の内面探索に苦悩してこなかった。それは何を意味するかといえば、「大人にならない」ということだ。内田氏の言うように、「成熟は葛藤を通じて果たされる」のに、その「葛藤（ジレンマ）」を避けて通ってきたのだ。だから「坊っちゃん」なのではあるが。

教師は、常に多数の人々（生徒・保護者・教育関係者・市民）と向き合い、その関係のなかで役割を果たすことを生業とする。その教師にとって、相手との「適切な距離を測れる力（才？）」

は、何者にも代え難い資質だ。それを身につけた山嵐の「付かず離れず」の距離感は、理想的な「先生ぽさ」だとは思う。いや、どんな職業の人にとっても、「適切な距離を測れる力」は貴重な戦力であるはずだ。だが、この「力」を獲得していくために、どれだけの人を自分の針で傷つけ、相手の針で、どれだけ自らが痛い思いをしていくことが求められるのだろうか。

社会の中で生き続けることが人の生涯なら、人は生涯、「ヤマアラシのジレンマ」に悩まされ、葛藤しながら生きていくものなのかもしれない。それは多くの教員人生も、また。

数字で表す心の距離

「個人距離」や「社会距離」は、文化人類学者のエドワード・ホールが提唱した。「パーソナルスペース（個人空間）」の研究のなかで使われている。

面白いのは、これを「数字的な距離」として表現したりもしていることだ。

たとえば、「個人距離」は四五〜一二〇cmなのだそうだ。う〜ん微妙だ。四五cmなら、相手の息づかいまで伝わってくるし、熱弁すれば唾が飛んでくる。他人事ではないが、「なんか臭くない？」とか言われて、加齢臭を心配する距離だ。そういったことを認め合う関係、ということでもあるのか。

それに対して、「社会距離」は一二〇〜三六〇cmだそうだ。テーブルをはさんでの会議などは、こんな感じだろう。どうみても、ひそひそ話や愛をささやくことには不向きだ。「ねえねえ、あのさ」というような、細やかな言動には結びつかない。

もちろん、人との距離は、もっと近い「密接距離〇〜四五cm」（ベタベタ距離だ）も、もっと遠い「公衆距離三六〇cm以上」（遠距離？）もある。ただ、この数字的な距離は、そのまま心理的な距離であることは間違いない。目の前の人との距離を測ってみたくなった。

おそらく、人はこういった心理的な距離を、数字的な距離に置き換えて暮らしているのだと思う。相手との関係を推しはかって、心の中でも実際の場面でも、その人に応じた距離を調節して生きているのだ。「ほどよい距離」として。それが、人が社会で生きていくための「ひとつの術（技術）」なのだ。

終章 坊っちゃんのキャリア

祝勝会の日、山嵐と坊っちゃんは、中学生と師範学校生の喧嘩に巻き込まれた。これが翌日の地元新聞に掲載され、とうとう山嵐だけが辞職に追いやられる。赤シャツの仕掛けた罠にはまった、と二人は解釈したが、真相は分からない。

黙っていられないのが、坊っちゃんだ。さっそく、校長室へ乗り込んだ。「何で私も辞めさせないのか。辞表を出す」と狸校長に詰め寄る。すると校長は、二つの返答をした。

「それは学校の方の都合で……」（中略）

「それは困る。堀田も去りあなたも去ったら、学校の数学の授業がまるで出来なくなってしまうから……」

（『坊っちゃん』十一）

狸校長は、止めようとはする。しかしその理由たるや、坊っちゃんが学校に必要な存在だから、なわけではない。数学の授業ができなくなるから、との理由だ。授業確保は学校管理者としての責任ではあるが、これでは、坊っちゃんも「働く意味」を見いだせないだろう。だから、またまたキレた。

「出来なくなっても私の知った事じゃありません」

「君そう我儘《わがまま》をいうものじゃない、少しは学校の事情も察してくれなくっちゃ困る。それに、来てから一月《ひとつき》立つか立たないのに辞職したというと、君の将来の履歴に関係するから、その辺も少しは考えたらいいでしょう」

「履歴なんか構うもんですか、履歴より義理が大切です」（同）

さすが、無鉄砲で義理にも厚い坊っちゃんだ。将来の「履歴」に傷がつくことよりも、山嵐への義理を通そうとして辞表を出すことに。こういう私欲とは無縁のスカッとした言動が、坊っちゃんの何よりの魅力だ。

このあと、赤シャツ・野だいこへの「天誅事件」が勃発するのだ。そして、スッキリした坊っちゃんたちは、松山の地を去るのだった。こんな感想を残して。

その夜《よ》おれと山嵐はこの不浄な地を離れた。船が岸を去れば去るほどいい心持ちがした。神戸から東京までは直行で新橋へ着いた時は、漸く娑婆《しゃば》へ出たような気がした。山嵐とはすぐ分れたぎり今日まで逢う機会がない。（同）

『坊っちゃん』を読んでいると、次々と事件が起こるものだから、えらく長い時間が経っているように思える。しかし、狸校長が言うように、坊っちゃんは「来てから一月立つか立たない」かくらいしか、この「不浄な地」（松山の人には失礼な話）にはいなかったのだ。学校卒業後の早期離職が話題になっている現代でも、この短さは、かなり珍しい。

清の事を話すのを忘れていた。——おれが東京へ着いて下宿へも行かず、革鞄《かばん》を提げたまま、清や帰ったよと飛び込んだら、あら坊っちゃん、よくまあ、早く帰って来て下さったと涙をぽたぽたと落した。おれも余り嬉しかったから、もう田舎へは行かない、東京で清とうちを持つんだといった。

その後ある人の周旋で街鉄《がいてつ》の技手になった。月給は二十五円で、家賃は六円だ。清は玄関付きの家でなくっても至極満足の様子であったが気の毒な事に今年の二月肺炎に罹って死んでしまった。死ぬ前日おれを呼んで坊っちゃん後生だから清が死んだら、坊っちゃんの御寺

へ埋めて下さい。御墓のなかで坊っちゃんの来るのを楽しみに待っておりますといった。だから清の墓は小日向《こびなた》の養源寺《ようげんじ》にある。（同）

有名な、『坊っちゃん』最後の場面だ。

よく言われるように、『坊っちゃん』は、清から始まって清で終わる「清の物語」でもある。『坊っちゃん』を何気なく読んでいると、坊っちゃんの語る内容はリアルタイムだと思ってしまう。そうではないのだ。この物語は、「**今年の二月**」（明治三九年二月）に清が亡くなったあと、その想い出を回想し、追悼の意味を込めて語られているのである。だから、「**清の事を話すのを忘れていた**」はずがない。これこそを、最後の語りにしたかったのである。

坊っちゃんを涙で迎えてくれた清。それに応えるべく、坊っちゃんも「街鉄」への転職を果たした。でも、無鉄砲な坊っちゃんに、この仕事は適していたのだろうか。「働く意味」は見いだせたのだろうか。いつまで勤められたのだろうか。心配は尽きないが、もはや語られない。坊っちゃんの時代にも「キャリア教育」があったら、どうだっただろうか。

その一　一か月で退職する坊っちゃん

『坊っちゃん』のなかの蜜柑

坊っちゃんは、「来てから一月立つか立たない」かくらいの期間で辞めていいのかと、狸校長に諭されたのだった。では、この狸校長の言葉は、どのくらい正確なのだろうか。もう少しばかり、詳細な日数を特定できないだろうか。

これを考えるに当たっては、次の二点が分かればよい。

A　坊っちゃんが「四国辺の中学校（松山中学校）」に着任した日

B　坊っちゃんが「不浄な地（松山）」を汽船で出帆した日

まず、Aはほぼ特定できる。坊っちゃんが四国へ到着したあと、その足で中学校に向かった日は、おそらく「九月一一日」だ。本文には、「中学校へ来たら、もう放課後で誰もいない」（『坊っちゃん』二）とある。この日は、始業式があった日で、早めに学校が終わっていたと考えられる。根拠は、明治二八年に制定された愛媛県尋常中学校規則に、二学期の始業日は、「九月一一日」とあるからだ。

その日の坊っちゃんは、そのまま宿に帰った。そして、翌日に正式に出勤している。ということは、「四国辺の中学校（松山中学校）」に着任した日は、「九月一二日」に決定だ。

次は、Bの「汽船で出帆した日」がいつかだ。「九月一二日」から数えて、「一月立つか立たない」かなのだから、「一〇月中旬」のいつかを探し出すことになる。

この日を導き出すには、喧嘩に巻き込まれた祝勝会が、現実の松山では、いつ行われたのかを特定できればよい。なぜなら、この日から「あくる日」とか、「八日目」とかの表現で、「汽船で出帆した日」までが『坊っちゃん』には詳細に記述されているからだ。ところが、これが分からない。日本のあちこちで、何度も行われていたようなのだが。

ただし、わずかなヒントを『坊っちゃん』の中に見つけた。

『坊っちゃん』十には、祝勝会に生徒を引率したあと、下宿に戻った坊っちゃんが、こう語るシーンがある。珍しく、植物を眺めながら感慨にふける部分だ。

庭は十坪《とつぼ》ほどの平庭《ひらにわ》で、これという植木もない。ただ一本の蜜柑があって、塀のそとから、目標《めじるし》になるほど高い。おれはうちへ帰ると、いつでもこの蜜柑を眺める。東京を出た事のないものには蜜柑の生《な》っている所は頗《すこぶ》る珍らしいものだ。あの青い実が段々熟してきて、黄色になるんだろうが、定めて奇麗だろう。今でも最う半分色の変ったのがある。婆さんに聞いて見ると、頗る水気の多い、旨い蜜柑だそうだ。今に熟《うれ》たら、たんと召し上がれといったから、毎日少しずつ食ってやろう。もう三週間もしたら、充分食えるだろう。まさか三週間以内に此所《ここ》を去る事もなかろう。

(傍点は筆者)

ここで描かれた「蜜柑」の品種は何かについて、「愛媛県農林水産部農産園芸課果樹係」に問い合わせてみた。すると、こんな回答をいただいた。

まず、果実が半分着色を始めることを「蛍尻期（ほたるじりき）」と呼ぶそうだ。そして、その時期から三週間ほど熟させた後に、おいしく食べられるとしたら、と考えてくれた。その結果、明治二〇〜三〇年代に愛媛県で栽培されていた品種としては、「温州《うんしゅう》みかん」の可能性が高いとの回答をいただいた。傍点部の表現だけから、こんなことがわかる。専門家はスゴイ。

「温州みかん」のうちの「早生《わせ》温州」なら、通常「一〇月下旬」には完全に着色していて、一一月までには収穫するという。つまり、「一〇月下旬」には「充分食える」ようになっていると考えていいのだろう。そこで、「一〇月下旬」を「一〇月二五日」とする。この日なら、あくまでも平均的にはだが、毎年ほぼ完全に黄色に着色している、ということを地元の業者から聞いたからだ。ならば、その「三週間」前が祝勝会の日だということになる。

だから、祝勝会は「一〇月四日」である。勝手に、そう決めた。

それにしても、蜜柑の着色状態を使って「一月立つか立たない」時間を表現するなんて、やはり漱石先生は「さすが!」としか言えない。

坊っちゃん先生の在職期間を計算

祝勝会の日が「一〇月四日」と決まったから、あとは、『坊っちゃん』の記述通りに追っていけば、松山を去った日も決まる。

では、その記述を並べてみよう。

一〇月四日　祝勝会の「余興」見物。その後、喧嘩事件に巻き込まれた。

一〇月五日　「あくる日眼が覚めて見ると、身体中痛くて堪らない」

一〇月六日　「あくる日、新聞のくるのを待ちかねて、……」

一〇月九日　「それから三日ばかりして、ある日の午後、山嵐が憤然とやって来て、いよいよ時機が来た。おれは例の計画を断行するつもりだ……」

一〇月一〇日「翌日《あくるひ》おれは学校へ出て校長室へ入って談判を始めた。」

この談判の際に、校長から「来てから一月立つか立たないのに」発言があった。

「九月一二日」が着任日なので、本当に一か月経つか経たないかなのだ。

山嵐は、辞表を出したあと、赤シャツが芸者と密会する現場を押さえるため、この日から枡屋という宿屋に潜伏することになる。

一〇月一二日「三日目には九時から十時半まで覗いたがやはり駄目だ。」

一〇月一五日「六日目には少々いやになって」

一〇月一六日「七日目にはもう休もうかと思った。」

一〇月一七日「八日目には七時頃から下宿を出て、先ず緩《ゆ》るりと湯に入って、それから町で鶏卵を八つ買った。」

この夜、旅館に赤シャツと野だが入ったのだ。だが、まだ動かない。

一〇月一八日「退屈でも出るのを待つより外に策はないというから、漸くの事でとうとう朝の五時まで我慢した。」

（以上、傍点筆者）

このあと早朝に、坊っちゃんと山嵐は天誅を加えたのである。

こうして日付を確認していったら、坊っちゃんと山嵐が松山の地を離れたのは、「一〇月一八日」だった。蜜柑が「三週間もしたら、充分食えるだろう」という「一〇月二五日」まで、あと七日を残して去っていったことになる。坊っちゃんが「まさか三週間以内に此所を去る事もなかろう」と語った言葉が、現実になってしまったのだった。

以上のことから、坊っちゃんが先生として在職した日数を計算する。明治三八年「九月一二日」から「一〇月一八日」までの、「三七日間」だ。

だからなんだ、という声が聞こえてくる。実は私なりに、ちょっとだけ意味がある。

三年以内で辞めていく若者たち

坊っちゃんは、たったの一か月余で職を辞したのだった。超スピード退職だ。では、転職がそれなりに普通になってきた現代、いまの世の若者たちは、どの程度の期間で離職していくのだろうか。

厚生労働省や内閣府の統計をみると分かる。新卒者の「三年目までの離職率」は、もう何年も前から「中学卒者、六割以上」、「高校卒者、約四割」、「大学卒者、三割以上」という数字だ。いちばん低率の大学卒者でも、三人に一人が、卒業してから「三年以内の早期離職者」という現実がある。

これを、「いまどきの若者は我慢が足りん」とか、「精神的に自立していない」とか、はたまた、「勤労観が未熟だ」とかの理由で非難されるのだろうか。

しかし、こういった傾向はいまに始まったことではないのだ。実は、明治時代から昭和時代の前半まで、新卒者の転職は、それほど珍しいことではなかったようなのだ。たとえば、明治四一年に、第一生命が五名の帝大卒の社員を採用したが、「一年半後には全員退職してしまった」なんて話もある（坂本藤良『日本雇用史　上』中央経済社）。また、昭和になると、「〝与えられた所に辛抱しなさい〟少年職業相談所で座談会」との見出しで、こんな新聞記事がある。

「最近の調査によると五年以上同じ職業で辛抱するものは全体の約四割位のもので個人商店だけの離職率は全体の約八十パーセントを示している有様」（『朝日新聞東京夕刊』昭和一二年五月一八日）

正確な数字とは言えないが、当時の「離職・転職」の様子がうかがえよう。

そう言えば、漱石先生だって人のことは言えない（言ってないが）。『坊っちゃん』の舞台でもある松山中学校の在職期間は、一年だけ。その前後も、学校を転々としている。「先生」に変わりはないが、いわゆる転勤ではない。「我慢が足りん」と言うのなら、今も昔も変わらない。ただし、坊っちゃんの、たったの一か月での離職は、かなり珍しい存在かもしれない。やはり、坊っちゃんには「キャリア教育」が必要なのだろうか。

その二 「たまたま」キャリアのお話

キャリア教育の始まり

二〇〇〇年代に入ってから、キャリア教育なる言葉が、ずっと飛び交っている。このキャリア教育を一言で表現するのは難しいが、文部科学省は一言でこう言う。

「一言で言えば、自分らしい生き方を実現するための力を育むことです。」

（文部科学省ホームページ「キャリア教育×HERO」より）

この「自分らしい生き方」の実現に向けて、小学校から大学までの学校で、その能力を磨きましょうということだ。将来の自分のために、早い時期から学校教育全体を通じて準備しましょう、と言っていると思っていいかもしれない。

このキャリア教育、なぜ二〇〇〇年ごろから始まったのか。その一つのきっかけは、先の早期離職や、フリーターとかニートなどの若年雇用問題が、大きくクローズアップされたからだ。つまり、「いまどきの若者は」的なバッシングがあって、「仕事への理解（職業観）、働くことの意味（勤労観）などを教育し直せ」「社会人・職業人としての自立を早くから促せ」との社会的要請があったからでもある。「超スピード退職」の坊っちゃんが現代にいたら、世間様から袋叩きにあってもおかしくない。ただし、推定四か月以内には「街鉄」に転職し、正規雇用の就職希望があるようなので、坊っちゃんはニートではない。

では、各学校でのキャリア教育の内容は何か。これも一言では言えないが、「私の夢」とか「十年後の私」のような、自己理解系や将来プランを考えること系、あるいは仕事調べとか社会人の講演などの職業理解系が多い。そのなかでも特に強調されているのが、職場体験やインターンシップだ。「自分らしい生き方」を選ぶ際には、どこかで必ず壁にぶつかる。その克服には、机上のお勉強よりも体験的に学んだものの方が力になる、というわけなのだろう。

こんな形で、「自分とは」や「仕事とは」、あるいは「将来設計とは」などを、早い時期から考えていく教育が始まったということである。

「たまたま」キャリアの理論

こんな調査分析（アメリカでの）がある。

ビジネスパーソンの八割は、「偶然」がきっかけで現在のキャリアを形成した。また、一八歳のときに考えていた職業が、そのまま現在の仕事であるという人は、たったの二%程度でもあった。だから、長い人生なのに、早くから計画を立ててキャリアを考えたり、ゴールを決めたりするのは、それほど重要ではない、と。

これを理論化したのは、アメリカのスタンフォード大学のクランボルツ教授だ。キャリア形成を研究している。この理論は、「計画された偶然性」と呼ばれていて、ちょっとばかり前に、日本でも注目を浴びた。

もう少し言えば、憧れの職業を早い時期に夢想して努力をしても、そんなに計画通りにはいかない。多くの人は、ある日ある時「予期しない偶然の出来事」に遭遇して、そのときにチャンスを活かした結果が、いまのキャリアであるというのだ。だから、ほとんどの場合、「たまたま」キャリアだとするのである。

ただし、好奇心と柔軟な心(オープン・マインド)を持って、失敗にもめげずに待つことが大切。そうすれば、「予期しない偶然の出来事」が誰にでもやって来るから、その時に「たまたま」の出会いを見逃さずにキャリアに活かせ、というわけだ。

小学校の早い時期から行われるキャリア教育。これとは違ったクランボルツ先生の視点は、なかなか新鮮ではある。

言われてみれば、漱石も坊っちゃんもそうだった。「偶然」によってキャリアを積んだのだ。

たとえば、どちらかというと「リケ男（理系男子）」だった漱石は、大学を出たら建築家になろうと思っていた。ところが、米山保三郎《よねやまやすさぶろう》（第一高等学校以来の仲間）から、こう言われた。

「日本でどんなに腕を揮《ふる》ったって、セント、ポールズの大寺院のような建築を天下後世に残すことは出来ないじゃないか（中略）それよりもまだ文学の方が生命がある」（「処女作追懐談」夏目漱石）

漱石は、この一言に敬服して、その晩のうちに、文学者になることを決めたと言っている。この米山保三郎という人物、かなりの変人だったが、宇宙論や人生哲学などを常に語っているような傑物だったらしい。ただし、二九歳で夭逝してしまった。その米山の「文学の方が生命がある」という「たまたま」の言葉に出会わなかったら、日本を代表する文豪は生まれなかった。後世に、夏目金之助が建てたかもしれない「三四郎ドーム」は残っても、夏目漱石の『坊っちゃん』は残らないはずだったのだ。

坊っちゃんだって、「たまたま」通りかかった物理学校に入学し、校長に呼ばれて「たまたま」先生になった。そして、「たまたま」起きた事件で退職し、「たまたま」紹介された「街鉄」に転職した。どれもこれも、「予期しない偶然の出来事」の積み重ねだった。

これって、多くの人にとっても同様な気がする。問題は、この「たまたま」をどう活かせるかなのだ。

教育実習のなかの出会い

教育実習は、教職をめざす人にとって、貴重な出会いの機会だ。これまで関わりのなかった生徒や先生との、「たまたま」の出会いを演出してくれる場だ。教員の仕事の複雑さに出会い、「先生目線」でそれを実感できる場でもある。これをきっかけに、「先生になるの、やーめた」と見切りをつけるのも、大きな意義ではある。でも、ここで「人」に対する好奇心や、柔軟な心を持って、やんちゃな生徒とも関わって、多くの子どもから「慕われた！」と思えれば大成功。高揚感と充実感から、「先生になりたい」との希望をもって終われるだろう。

教育実習は、まさしくインターンシップだ。免許状の種類によって違いはあるが、多くの学生が三～四週間。それに加えて、介護等体験七日間以上などもある。四週間なら、合計日数は三五日間ほど。インターンシップにしては、ちょっと短い。

それでも、教育実習に効能があるとしたら、どうも、この期間にあるような気がする。短すぎても長すぎても、生徒や先生との交流の感動は薄くなってしまう。疲労困憊ながら、もう少し関係を続けてみたいと思う三五日間。自分のなかに、近い将来の仕事への覚悟のようなものが湧き上がってくる三五日間。一か月余という長さに秘められた、人の心に働きかける時間幅があるのかもしれない。

坊っちゃんは、師範学校の出身者ではなく、「無免許先生」だった可能性が高い。だから、教育実習（当時は実地授業と呼んでいたはず）を受けてはいないだろう。ということは、先に計算した在職期間の三七日間は、松山中学校での教育実習だったとは考えられないだろうか。現在の教育実習期間とほぼ同じだ（ほら、私なりにちょっとだけ意味があったでしょ）。

好奇心に満ちたイタズラ好きの生徒や、溢れんばかりの個性を持つ先生との「たまたま」の出会い。それを与えてくれた三七日間だったと思うのだ。たとえば、喧嘩に巻き込まれた翌日、教室で生徒たちから拍手をもって迎えられる「出来事」があった。また、赤シャツらとは異種の、山嵐とうらなり君との出会いもあった。

ところが坊っちゃんは、「バッタ事件」の時には見せなかった生徒の姿の、その意味を問わなかった。唯一、「先生とは」を考える機会だった山嵐たちの言動に接しても、それを我が身に深くは問わなかった。教職への好奇心も、生徒へのオープン・マインドも欠いていたのだろう。もしかしたら、この期間が、坊っちゃんを素敵な教師へと導く大きなチャンスだったかもしれないのに、だ。こうして結局は、「予期しない偶然の出来事」を教職キャリアに活かすことができなかった。残念だが、クランボルツ教授の理論は届かなかったようだ。

その三　坊っちゃんのキャリアと清

坊っちゃんの再就職先「街鉄の技手」

明治三八年一〇月一九日には離職していた、坊っちゃん。しかし、翌年の明治三九年二月に清が亡くなるまでの間には、再就職している。結構、失業期間は短かったのだ。だから、短いとはいえ、清の念願だった一所の家（貸家だし玄関はないが）に暮らすことはできたのだ。

このときのリクルート先は、「街鉄の技手」だった。『坊っちゃん』の研究者や鉄道マニアを除けば、そもそも「街鉄」とか「技手」って何だ、と思われるだろう。

「街鉄」とは、正式には「東京市街鉄道」だ。俗に言う「チンチン電車」の経営会社のひとつである。当時は、この「街鉄」の他にも、「東京電車鉄道（東電）」と、皇居の外堀を一周する「東京電気鉄道（外濠線）」の三社があった。もちろん、路面電車なのだから「電化」されていたわけで、道路の上には、電線がいやっと言うほど張りめぐらされていたはずだ。あまり、美しくはない。そして、三社の似た名称がややこしいから、誰もが略して呼んでいたらしい。

また、「技手」は「ぎて」と読む。この職は、技術理論も実践的な技能も持っていて、なおかつ、中間管理職的な責任も担う役割なのだそうだ。ちょうど、現場監督に近いかもしれない。ここで誰もが思うのは、坊っちゃんに務まるのか、だ。なぜなら学校でいえば、まさに赤シャツの役割を担うことになるからだ。ただ、当時の大学卒業者が「技師」になり、専門学校出身者が「技手」になることが多かったようだから、物理学校（のちに専門学校になる）出身の坊っちゃんに、ぴったりのキャリアではあったのだ。こんな記述にも正確さを期す、それが漱石だ。

「街鉄」に転職させた理由

それなら、なぜ漱石は、坊っちゃんの転職先を「街鉄」にしたのであろうか。

それは、漱石がよく利用した「足」だったから、とは言われている。でも、芳川泰久氏の「〈戦争＝報道〉小説としての『坊っちゃん』」（『漱石研究』第十二号）に、興味深い指摘がある。

漱石は、新聞が報道する時事ネタを、執筆中の物語に取り入れるという手法をよくとる。『坊っちゃん』の執筆時期は、明治三九年三月ごろだ。実は、この時期以前の新聞報道に、しばしばこの「街鉄」が出てくる。だから、当時の『坊っちゃん』の読者にとっては、話題性のある会社への転職にタイムリーなものを感じて、違和感がなかったという指摘なのだ。

たとえば、『東京朝日新聞』の、明治三八年一〇月二六日（A）と一二月二六日（B）には、こんな見出しがある。

（A）「外濠電車の行方不明騒ぎ」。

ATS（自動列車停止装置）のない時代で、よくぞ事故が起きなかった、という記事内容だ。つまり、「外濠線」の電車が「街鉄」との交叉点を進行するときに、運転手の不熟練で方向を誤り、「街鉄」の線路に進入してしまった。その結果、続々とやって来る「街鉄」のチンチン電車に追いかけられ、戻ることも出来ず、とうとう「街鉄」の終点＝新宿まで行ってしまった。「外濠線」の電車が「行方不明」になったというわけだ。「珍無類、無責任もここに至って極まれり」と記事は非難している。現代なら、見事な「相互乗り入れ」だが、追いかけっこをしている「街鉄」側の運転手も、何やってんだ！

（B）「運転手車掌兼勤禁止」。

電車三社は、運転手と車掌を兼ねている。そのため、運転が不熟練になり衝突事故をよく起こす。だから、今後は兼務禁止だ、との記事である。おいおい、ちょっと待て。訓練不足で事故るような者に運転させるな、と思ってしまう。そしてこの記事をよく読むと、このような「悪弊は特に市街鉄道会社に最も多し」との文章が続いている。また、「街鉄」なのだ。

この二つの記事からも、「街鉄」の仕事ぶりがうかがえる。どうみても、碌な社内研修もないし、安全配慮義務も怠っている。いわば、いい加減だ。

芳川氏は「草創期にありがちな勤務のいい加減さを考えれば、『おれ』の性格と就職先としての『街鉄』を、読者は納得して受けとめるだろう。」と言う。なるほど漱石は、読者が抱く坊っちゃん像にふさわしい、「無鉄砲」な社風を持つ「街鉄」を転職先に選んだわけだ。「たまたま」周旋された職業ではあるが、ここでは坊っちゃんは、その出会いを活かした。きっと、「自分らしい生き方」をしようとしたのだ。ただし、それじゃあ「坊っちゃんらしく」はなくなる。

坊っちゃんを叱れ、清!

坊っちゃんには、気の毒なくらい大人への成長がみられない。キャリア教育の視点から言えば、およそ社会人・職業人としての自立からは遠い。だから、漱石は『坊っちゃん』にしたわけで、それでいいのだ。

二三歳四か月を過ぎた大人だから、もちろん責任は坊っちゃんにある。だが、坊っちゃんの人生を振り返ったとき、父母には見放され、兄とは最悪の関係。いい教師に恵まれた様子もない。教職に就いてからの管理職にも同僚にも、相互の本音を交わす相手は見いだせなかった。転機にできる出会いのチャンスは少なかった。自立へのきっかけも見いだし得なかった。唯一あったとすれば、清との出会いだ。だから、坊っちゃんの帰るところは、清のいる東京しかなかったのだ。いつでも、ありのままの「坊っちゃん性」を受け入れてくれる、ただ一人の理解者が清だからだ。やはり、『坊っちゃん』は寂しい物語である。

しかし、いま思う。

清のそそぐ無償の愛を受け入れる坊っちゃんは、その清には絶対的な信頼を寄せている。だからこそ、坊っちゃんにキャリア教育ができるのは、清なのだ。坊っちゃんを大人へと導く言葉を投げかけられるのは、清しかいないのだ。

そこで、やや手遅れの感はあるが、「清、こんなセリフで坊っちゃんを叱れ！」と言いたい。


「たった一か月で帰ってきてはなりません。真っ直ぐなご気性は大切です。でも、ときにはご自分の正義を疑い、立ち止まって考え悩みながら、本当にこれからの自分に必要なこととは何かを考えてきてください。自分には何ができるのか、それを見極めてきてください。

それに気づいたとき、自立した社会人・職業人となって、立派な役割が一つ果たせたとお思いになるでしょう。そうしたら、清のもとにお戻りなさい。そして、玄関付きの家をお持ちなさいまし、坊っちゃん！」と。


清は、亡くなる前日に坊っちゃんを呼んで、「坊っちゃんの御寺へ埋めて下さい」（『坊っちゃん』十一）と頼んだ。坊っちゃん家《け》の墓が建つ、その同じ寺の墓の中から、まだまだ心配な坊っちゃんのキャリアを、ずっと見守るつもりだったのかもしれない。漱石は、この「**坊っちゃんの御寺**」を小日向の養源寺に設定した。もちろん、小日向に養源寺はないし、現実の養源寺は違う場所にある。

実は、小日向は夏目家代々の菩提寺の本法寺（東京都文京区小日向一-四-一五）がある地名だ。そして、養源寺（東京都文京区千駄木五-三八-三）は米山家の菩提寺である。そう、「文学者をめざせ」とキャリア変更のアドバイスを漱石におくった、かの米山保三郎が眠っている寺だ。

夏目家に生まれた漱石。その漱石を大文豪へと転じさせる要因となった、米山保三郎との「たまたま」の出会い。漱石は『坊っちゃん』で、清が眠る墓に、夏目家（小日向）と米山保三郎（養源寺）への深い思いを託していたのだ。

だから清の墓は小日向の養源寺にある。

キャリア教育　四つの能力

文部科学省は、「自分らしい生き方」の実現のために、四つの能力を磨きましょうと言っている。その四つとは、「人間関係形成・社会形成能力」「自己理解・自己管理能力」「課題対応能力」「キャリアプランニング能力」だ。

もう少しカジュアルな言い方をすれば、「人とうまくやっていけるコミュニケーション能力」と、「自分は何ができるかが分かり、心も体もコントロールできる能力」。そして、「うまく情報を処理して、課題に立ち向かい解決できる能力」と、「働く上での自分の役割を知って、将来設計ができる能力」などと解説できるだろうか。

坊っちゃんにこの能力があったら、どんなに素晴らしい先生だったか。でも、日本国民全員がこの能力を揃えられたら、みんながスゴイ「キャリア」の持ち主になる。

教育は理想を語るものだ。「自分らしい生き方」を一生求めよう、などという理想を堂々と語れるのは学校だけだ。だから、キャリア教育の理念や目指すものは、学校教育の幹になっていいはず。少なくとも、「○○大学合格者数を百人に」とかいう「出口指導」に偏った進路指導よりは、ずっといい。

だけど、これだけ広範な能力を育てようとする教育って、ちょっと欲張り過ぎじゃないですか。生徒の学力向上も大きな課題になっている先生たちに、どれだけ余裕があるのだろうか。教えていくための条件整備はできているのか。子どもたちが「四つの能力」を生かせる社会を、大人たちは本気で作ろうとしているのか。そんなことを考えてしまう。

引用・参考文献

天野郁夫『学歴の社会史　教育と日本の近代』平凡社ライブラリー　二〇〇五年
石川啄木『啄木全集』第一〇「足跡」河出書房　一九五〇年
石原千秋『漱石はどう読まれてきたか』新潮選書　二〇一〇年
今津孝次郎『教師が育つ条件』岩波新書　二〇一二年
岩本努『「御真影」に殉じた教師たち』大月書店　一九八九年
内田樹『街場の教育論』ミシマ社　二〇〇八年
江口渙『わが文学半生記　回想の文学』講談社文芸文庫　一九九五年
岡田孝一『東京府立中学』同成社近現代史叢書　二〇〇四年
唐沢富太郎『教師の歴史　教師の生活と倫理』創文社　一九五五年
川島幸希『英語教師　夏目漱石』新潮選書　二〇〇〇年
岸野雄三・福地豊樹・吉原瑛編著『新版近代体育スポーツ年表』大修館書店　一九九九年

J.D.クランボルツ・A.S.レヴィン（著）、花田光世・大木紀子・宮地夕紀子（訳）『その幸運は偶然ではないんです』ダイヤモンド社　二〇〇五年
小森陽一『漱石論　21世紀を生き抜くために』岩波書店　二〇一〇年
小森陽一・石原千秋編『漱石研究』第十二号（特集『坊っちゃん』）翰林書房　一九九九年
児美川孝一郎『まず教育論から変えよう　5つの論争にみる、教育語りの落とし穴』太郎次郎社エディタス　二〇一五年
佐々木亀太郎『競争遊戯最新運動法』藜光堂　一九〇三年
坂本藤良『日本雇用史　上』中央経済社　一九七七年
重要文化財旧開智学校資料集刊行会『史料開智学校　第七巻』電算出版企画　一九九六年
鈴木良昭『文科大学講師　夏目金之助』冬至書房　二〇一〇年
副田義也『教育勅語の社会史　ナショナリズムの創出と挫折』有信堂高文社　一九九七年
武石典史『近代東京の私立中学校―上京と立身出世の社会史』ミネルヴァ書房　二〇一二年
竹内洋『日本の近代12　学歴貴族の栄光と挫折』中央公論新社　一九九九年
橘木俊詔『学歴入門（14歳の世渡り術）』河出書房新社　二〇一三年
東京理科大学編『東京理科大学百年史』東京理科大学　一九八一年
夏目漱石『漱石全集』岩波書店　一九九三―二〇〇四年

バーナード・ショウ（著）、小田島恒志（訳）『ピグマリオン』光文社古典新訳文庫　二〇一三年
馬場錬成『物理学校　近代史のなかの理科学生』中公新書ラクレ　二〇〇六年
半藤一利『漱石先生お久しぶりです』平凡社　二〇〇三年
秦郁彦『漱石文学のモデルたち』講談社　二〇〇四年
L.ベラック（著）、小此木啓吾（訳）『山アラシのジレンマ―人間的過疎をどう生きるか』
ダイヤモンド現代選書　一九七四年
マキノノゾミ『赤シャツ／殿様と私』而立書房　二〇〇八年
牧昌見『日本教員資格制度史研究』風間書房　一九七一年
松岡陽子マックレイン『孫娘から見た漱石』新潮選書　一九九五年
森鷗外『鷗外全集』第一巻　岩波書店　一九七一年
文部科学省『生徒指導提要』教育図書　二〇一一年
文部省『学制百年史』帝国地方行政学会　一九七二年
文部省『日本帝国文部省年報』第二八　明治三三―三四年　一九一四年
山本信良『学校行事の成立と展開に関する研究』紫峰図書　一九九九年
芳川泰久「〈戦争＝報道〉小説としての『坊っちゃん』」（『漱石研究』第十二号）一九九九年
吉田寿夫『心理学ジュニアライブラリ05巻　人についての思い込みⅠ』北大路書房　二〇〇二年

吉見俊哉・平田宗史・入江克己・白幡洋三郎・木村吉次・紙透雅子『運動会と日本近代』青弓社ライブラリー　一九九九年
『データブック２０１５　教育旅行年報』日本修学旅行協会　二〇一五年
『東京府立第四中学校教育実況概覧』東京府立第四中学校　一九〇九年

あとがき

「小さなことはいいことだ」

これは、故黒羽清隆《くろはきよたか》先生（歴史学者・歴史教育学者）の言葉です。大きな歴史現象の中には、「小さなこと」が隠れている。そこにこだわって、教室の中で提示していく授業を行えば、生徒たちの豊かな感性が新たな発見を生み出す。結果、これまでにない角度から歴史を眺めたり、その全体像をとらえることができるようにもなる。それは、とてつもなく「いいことだ」。そんな意味合いで、私はこの言葉を理解し大切にしながら、いろいろな場面で実践し活用させてもらってきました。

本書『「坊っちゃん」の通信簿』もまた、「小さなこと」に焦点を当てて、そこから教育や社会という大きな事象を考えてみようとする試みでした。漱石が『坊っちゃん』に描いた「小さな」記述や、坊っちゃんが語る明治時代の学校や教師の「小さな」出来事にこだわって、という形でです。

たとえば、序章は、清が「自分の力でおれを製造して誇ってる」の「製造」に目を向け、坊っちゃんと清をピグマリオンと彫像の関係に例えてみたものでした。また第一章では、「ある私立の中学校」の探索から始めて、坊っちゃんの高学歴ぶりと教育格差の問題に触れてみました。以下、第二章は「元は旗本だ」発言から、坊っちゃんが士族の無免許先生である可能性を検討し、教員の待遇や免許制度の今昔について考える。第三章では、「週二十一時間」という坊っちゃんの授業時間数に注目。そこから今も昔も変わらぬ多忙の問題を考える。そして終章では、坊っちゃんが「蜜柑」を語る場面に目を留め、狸校長の「来てから一月《ひとつき》立つか立たないのに辞職」していいのか、との言葉とつなげてみました。そんな展開から、早期離職の問題やキャリアについて考える、という作業を続けてきたわけです。

この試みを一〇章分もくり広げたことは、私の力では、欲張り過ぎだったかもしれません。ただ、多くの『坊っちゃん』研究や漱石研究、教育研究の成果を参照することで、私の教員経験による単純な発想からは、少しばかりは抜け出せたような気がします。新たな坊っちゃんの姿が見えてきたり、漱石の発言の含意を読み取れたり、はたまた、明治時代の問題イコール現代的な課題であることにも気づかされたりと、多数の示唆をもらって本書の幅を広げることができたのでは、と思っています。

でもそれは、『坊っちゃん』という小説そのものが、百年の時を経ても古びない、豊かなテーマを提供してくれる作品だからに違いありません。やはり、『坊っちゃん』に通信簿をつけることは、畏れ多いことでした。

それでも、本書が熱心な『坊っちゃん』ファンや、学校・教師・教育に関心を持つ人たちに届き、過去と現代との往復をすることで、それぞれの立場から、それぞれの思いを巡らす契機になってくれればと願っています。「小さなこと」から思念すること、それは紛れもなく「いいこと」だと思うのです。

本書を通じて、教育の問題について触れてきたので、最後に一言。

ご存じのように坊っちゃんは、松山を「不浄の地」とまで表現し、手厳しく語りました。しかし、私が松山を訪れて感じたのは、「上品な街」ということでした。喧噪のない繁華街。ゆったりと流れる時間と空気。城と近代建築と家並みとその間を行き交う路面電車が、ほどよく融合した景色。そのどれもが「上品」に見えたのです。ついでに、「なもし」の「上品」さにも触れてみたかったのですが、こちらのほうは、「三代前に絶滅したよ」と地元の人に一蹴されてしまいました。

いまの教育改革の幹になる部分にも、この「上品」さが必要だと思います。松山に当てはめて言えば、思い込みや「喧噪」(根拠のないガヤガヤ)を排除して議論すること、効率や成果だけを追求せず、「ゆったり」と長いスパンで考えること、学校関係者や保護者や市民の声をバランスよく「融合」させて活かしていくこと。そんな教育への「上品」な視点を持つことに、いま誰もが自覚的であれば、きっと百年後の人々から、こんな通信簿が届くと信じています。

「真っ直ぐなご気性の、ええ子たちが育ったぞなもし」

本書の刊行に際して、大修館書店編集第一部の林雅樹氏と、校閲いただいた木下洋美氏には本当にお世話になりました。お二人の「上品」で優しい語り口に励まされながら、大胆な編集および的確で鋭いご指摘をいただきながら、ここまでたどり着くことができました。心より、そして深く感謝申し上げるしだいです。

二〇一六年二月

村木晃

[著者紹介]

村木　晃（むらき　あきら）
1955年，東京に生まれる。早稲田大学教育学部卒業，筑波大学大学院修士課程教育研究科修了。高等学校教諭を経て，現在，東京学芸大学・横浜美術大学・東京未来大学講師（非常勤）。担任学研究会の活動を通じて，教育理論の実践化と実践の理論化の研究を行っている。
《主な著書》
『ワークシートで学ぶ　生徒指導・進路指導の理論と方法』（共著　春風社　2013），『クラス担任が自信をもって「語る」12ヵ月』（共著　学事出版　2015）など。

「坊《ぼ》っちゃん」の通信簿《つうしんぼ》——明治《めいじ》の学校《がっこう》・現代《げんだい》の学校《がっこう》

NDC910／247p／19cm

初版第1刷——2016年4月30日

著者——村木《むらき》　晃《あきら》
発行者——鈴木一行
発行所——株式会社 大修館書店
〒113-8541 東京都文京区湯島2-1-1
電話03-3868-2651（販売部）03-3868-2291（編集部）
振替00190-7-40504
[出版情報] http://www.taishukan.co.jp

装丁——CCK
印刷所——広研印刷
製本所——三水舎

ISBN978-4-469-22248-7　Printed in Japan